MAIGRET
TIENE MIEDO

Claro que prefieren que no vea ciertas cosas.
Pero lo que no quieren sobre todo es que les
cuente otras.

—¿Lo dirás todo?
    —¿Y tú?
    —Lo intentaré. Si no lo consigo, no me lo
perdonaré en la vida.

Peuples qui ont faim, 1934

GEORGES SIMENON

MAIGRET
TIENE MIEDO

TRADUCCIÓN DEL FRANCÉS
DE NÚRIA PETIT

ANAGRAMA & ACANTILADO
BARCELONA 2022

TÍTULO ORIGINAL *Maigret a peur*

Publicado por
ANAGRAMA & ACANTILADO

Pau Claris, 172
08037 Barcelona
Tel. 932 037 652
anagrama@anagrama-ed.es
www.anagrama-ed.es

Muntaner, 462
08006 Barcelona
Tel. 934 144 906
correo@acantilado.es
www.acantilado.es

ISBN: 978-84-33902-15-3
DEPÓSITO LEGAL: B. 8092-2022

DURÓ *Gráfica*
QUADERNS CREMA *Composición*
LIBERDÚPLEX *Impresión y encuadernación*

PRIMERA EDICIÓN *octubre de 2022*

CONTENIDO

1. El trenecito bajo la lluvia   7

2. El vendedor de pieles de conejo   25

3. El maestro que no dormía   45

4. La italiana de los moratones   65

5. La partida de bridge   83

6. La misa de las diez y media   101

7. El tesoro de Louise   119

8. El inválido del Grand-Noyer   137

9. El coñac Napoléon   155

EL TRENECITO BAJO LA LLUVIA

De repente, entre dos apeaderos cuyo nombre ni siquiera conocía y de los cuales en la oscuridad no había visto casi nada, salvo la cortina de lluvia cayendo delante de una farola y unas siluetas empujando carretillas, Maigret se preguntó qué estaba haciendo allí.

¿Se habría amodorrado en el compartimento por culpa de la sofocante calefacción? En cualquier caso, no había perdido del todo el conocimiento porque sabía que estaba en un tren; oía el ruido monótono; estaba seguro de que, de vez en cuando, había seguido viendo en la oscura vastedad de los campos las ventanas iluminadas de alguna granja aislada. Todo eso, y el olor a hollín que se mezclaba con el de su ropa mojada, seguía siendo real, como también un murmullo ininterrumpido de voces en un compartimento contiguo, aunque en cierto modo eso perdía actualidad, ya no se situaba muy bien en el espacio, ni sobre todo en el tiempo.

Habría podido estar en otra parte, en cualquier trenecito que atravesase el campo, y él mismo habría podido ser un Maigret de quince años volviendo el sábado del instituto en un ómnibus exactamente igual a éste, de vagones antiguos cuyos tabiques crujían a cada esfuerzo de la locomotora. Con las mismas voces en la noche, a cada parada, los mismos hombres trajinando en torno al vagón de correos y el mismo silbato del jefe de estación.

Entreabrió los ojos, aspiró la pipa que se había apagado, y su mirada se posó en un hombre sentado en el otro extremo del compartimento. En otro tiempo, el mismo hombre habría podido estar en el tren que lo devolvía a casa de su padre. Habría podido ser el conde, o el propietario del castillo, el personaje importante del pueblo o de cualquier pequeña población.

Llevaba un traje de golf de *tweed* claro y una gabardina de esas que sólo se ven en algunas tiendas muy caras. Se tocaba con un sombrero de caza verde, con una minúscula pluma de faisán metida debajo de la cinta. Pese al calor, no se había quitado los guantes de color rojizo, pues esa gente jamás se quita los guantes en un tren ni en un coche. Y, a pesar de la lluvia, no había ni una mancha de barro en sus zapatos bien lustrados.

Debía de tener sesenta y cinco años. Ya era un señor mayor. ¿No es curioso que los hombres de esa edad se preocupen tanto de los detalles de su apariencia? ¿Y que todavía jueguen a distinguirse del común de los mortales?

Su tez era del particular rosa de los de su especie, con un bigotito de un blanco plateado en el cual se perfilaba el círculo amarillo que dejaba el puro.

Su mirada, sin embargo, no tenía todo el aplomo que hubiera debido. Desde su rincón, el hombre observaba a Maigret, que a su vez le echaba alguna que otra ojeada y, en dos o tres ocasiones, pareció estar a punto de dirigirle la palabra. El tren volvió a ponerse en marcha, sucio y mojado, en un mundo oscuro sembrado de luces muy dispersas, y a veces, en un paso a nivel, se atisbaba a alguien en bicicleta esperando que acabase de pasar el convoy.

¿Estaba triste Maigret? Era algo más vago que eso. Se sentía raro. Y en primer lugar, esos tres días había bebido demasiado, porque no hubo más remedio, pero a desgana.

Había asistido al congreso internacional de policía, que ese año se había celebrado en Burdeos. Era el mes de abril.

8

Cuando abandonó París, donde el invierno había sido largo y monótono, parecía que la primavera estaba a punto de llegar. Pero en Burdeos había llovido durante los tres días, y un viento frío pegaba la ropa al cuerpo.

Casualmente, el puñado de amigos con los que en general coincidía en esos congresos, como Mr. Pyke, no habían acudido. Todos los países parecían haberse confabulado para enviar sólo a jóvenes, hombres de entre treinta y cuarenta años a los que no había visto nunca. Todos se habían mostrado muy amables con él, muy atentos, como se acostumbra con un hombre mayor al que se respeta pero al que se considera un poco desfasado.

¿Era una impresión? ¿O acaso la lluvia incesante lo había puesto de mal humor? ¿Y todo el vino que habían tenido que beber en las bodegas que la Cámara de Comercio los había invitado a visitar?

—¿Te lo estás pasando bien?—le había preguntado su mujer por teléfono.

Él había respondido con un gruñido.

—Trata de descansar un poco. Cuando te fuiste, me pareció que estabas fatigado. De todas formas, te distraerás. No cojas frío.

¿Tal vez se había sentido viejo de repente? Ni siquiera las conversaciones, que versaban casi todas sobre nuevos procedimientos científicos, le habían interesado.

El banquete había tenido lugar la noche anterior. Esa mañana había habido una última recepción, esta vez en el ayuntamiento, y un *lunch* abundantemente regado. Le había prometido a Chabot que aprovecharía no tener que estar en París hasta el lunes por la mañana para pasar a verlo en Fontenay-le-Comte.

También Chabot se iba haciendo viejo. Habían sido amigos en otro tiempo, cuando Maigret estudió dos años Medicina en la Universidad de Nantes. Chabot estudiaba Derecho. Vivían en la misma pensión. Dos o tres veces, el domingo, había acompañado a su amigo a casa de su madre en Fontenay.

Y, desde entonces, en todos esos años tal vez se habían visto diez veces en total.

—¿Cuándo vendrás a visitarme a la Vendée?

La señora Maigret había apoyado la idea.

—¿Por qué no pasas por casa de tu amigo Chabot al volver de Burdeos?

Tendría que haber llegado a Fontenay hacía dos horas. Se había equivocado de tren. En Niort, donde se había demorado un buen rato tomando unos vinos en la sala de espera, estuvo dudando si telefonear para que Chabot fuera a recogerlo en coche.

No lo había hecho, en realidad, porque si Julien iba a buscarlo, insistiría para que Maigret se quedase a dormir en su casa, y al comisario le horrorizaba dormir en casas ajenas.

Iría al hotel. Sólo cuando estuviera allí lo llamaría. Había sido un error dar ese rodeo, en vez de pasar esos dos días de fiesta en casa, en el boulevard Richard-Lenoir. ¿Quién sabe? Tal vez en París ya no llovía y había llegado por fin la primavera.

—O sea que le han hecho venir...

Se sobresaltó. Sin darse cuenta, había debido de seguir mirando vagamente a su compañero de viaje y éste acababa de decidirse a dirigirle la palabra. Se diría que también él se sentía incómodo y por eso se había creído obligado a poner cierta ironía en su voz.

—¿Cómo dice?

—Digo que ya me imaginaba que recurrirían a alguien como usted.

Y luego, en vista de que Maigret parecía seguir sin entenderlo, preguntó:

—Usted es el comisario Maigret, ¿no es cierto?

El viajero volvía a convertirse en un hombre de mundo, se incorporaba en el asiento y se presentaba:

—Vernoux de Courçon.

—Encantado.

—Le he reconocido enseguida, porque he visto muchas veces su foto en los periódicos. —Por la manera como lo decía, parecía excusarse por formar parte de la gente que lee los periódicos—. Debe de sucederle a menudo.

—¿El qué?

—Que la gente lo reconozca.

Maigret no sabía qué contestar. Aún no había aterrizado del todo en la realidad. En cuanto al hombre, se le veían unas gotitas de sudor en la frente, como si se hubiese metido en una situación de la que no sabía cómo salir airoso.

—¿Es mi amigo Julien quien le ha telefoneado?

—¿Se refiere a Julien Chabot?

—Sí, al juez de instrucción. Lo que me asombra es que no me haya dicho nada cuando lo he visto esta mañana.

—Sigo sin comprender.

Vernoux de Courçon lo miró más atentamente, frunciendo el entrecejo.

—¿Quiere decir que viene a Fontenay-le-Comte por casualidad?

—Sí.

—¿No va a casa de Julien Chabot?

—Sí, pero...

De pronto Maigret se ruborizó, furioso consigo mismo, porque acababa de contestar dócilmente, como lo hacía antaño con la gente de la clase de su interlocutor, «la gente del castillo».

—¡Qué curioso!—exclamó irónicamente el otro.

—¿Qué es lo que es curioso?

—Que el comisario Maigret, que sin duda no ha puesto nunca los pies en Fontenay...

—¿Quién le ha dicho eso?

—Lo supongo. En todo caso, yo no lo he visto y jamás he oído a nadie que lo mencionara. Digo que es curioso que llegue justo en el momento en que las autoridades están conmocionadas por el misterio más abracadabrante...

Maigret encendió una cerilla y dio unas caladas a su pipa.

—Hice una parte de mis estudios con Julien Chabot —dijo tranquilamente—. En otros tiempos estuve varias veces invitado en su casa de la rue Clemenceau.

—¿De veras?

Fríamente, Maigret repitió:

—De veras.

—En tal caso, nos veremos seguramente mañana por la noche en mi casa, en la rue Rabelais, porque Chabot viene todos los sábados a jugar al bridge.

Hubo una última parada antes de Fontenay. Vernoux de Courçon no llevaba equipaje, sólo una cartera de cuero marrón que descansaba a su lado en el asiento

—Tengo curiosidad por saber si resolverá el misterio. Casualidad o no, para Chabot es una suerte que esté usted aquí.

—¿Su madre vive todavía?

—Está fuerte como un roble.

El hombre se levantó para abrocharse la gabardina, estirar los guantes y ajustarse el sombrero. El tren ya estaba aminorando la marcha, las luces se sucedían con más frecuencia y la gente empezaba a correr por el andén.

—Encantado de conocerlo. Dígale a Chabot que espero verle con él mañana por la noche.

Maigret se limitó a responder con una inclinación de

cabeza, abrió la portezuela, cogió la maleta, que era pesada, y se dirigió hacia la salida sin mirar a nadie al pasar.

Chabot no podía estarlo esperando en ese tren, ya que lo había tomado de casualidad. Desde el umbral de la estación, Maigret vio la perspectiva de la rue de la République, donde la lluvia arreciaba.

—¿Taxi, señor?

Asintió.

—¿Hôtel de France?

Asintió de nuevo y se repantingó en su rincón, malhumorado. Sólo eran las nueve de la noche, pero ya no había ninguna animación en la ciudad, donde apenas dos o tres cafés permanecían todavía iluminados. La puerta del Hôtel de France tenía a cada lado una palmera metida en un tonel pintado de verde.

—Querría una habitación.

—¿Individual?

—Sí, y si es posible me gustaría comer algo.

El hotel ya estaba recogiendo, como una iglesia después de las vísperas. Tuvieron que ir a preguntar a la cocina y encender dos o tres lámparas en el comedor.

Para no tener que subir a la habitación, se lavó las manos en una pila de porcelana.

—¿Vino blanco?

Sentía náuseas de todo el vino blanco que había tenido que tomar en Burdeos.

—¿No tiene cerveza?

—Sólo de botella.

—En ese caso, traiga vino tinto.

Le habían recalentado una sopa y le estaban cortando jamón. Desde su sitio, vio que alguien entraba, empapado, en el vestíbulo del hotel y, al no encontrar a nadie a quien dirigirse, echaba un vistazo al comedor y parecía tranquilizarse al ver al comisario. Era un chico pelirrojo, de unos cuarenta años, de mofletes colorados, que llevaba unos aparatos fotográficos en bandolera por encima de la gabardina *beige*.

Sacudió el sombrero para escurrir la lluvia y se acercó.

—¿Me permite, antes que nada, hacerle una foto? Soy el corresponsal del *Ouest-Éclair* en la región. Le he visto en la estación pero no he conseguido alcanzarle. O sea que le han hecho venir para investigar el caso Courçon. —Un destello. Un clic—. El comisario Féron no nos había hablado de usted. Tampoco el juez de instrucción.

—No estoy aquí por el caso Courçon.

El chico pelirrojo sonrió, con la sonrisa de alguien que es del oficio y no se deja engañar.

—¡Claro!

—¿Cómo que claro?

—No está usted aquí *oficialmente*. Ya comprendo. Lo cual no impide que…

—¡Que nada!

—La prueba es que Féron me ha dicho que venía inmediatamente.

—¿Quién es Féron?

—El comisario de policía de Fontenay. Cuando le he visto en la estación, he ido corriendo a una cabina telefónica y lo he llamado. Me ha dicho que se reuniría aquí conmigo.

—¿*Aquí*?

—Naturalmente. ¿Dónde iba a alojarse si no?

Maigret apuró la copa, se secó la boca y masculló:

—¿Quién es ese Vernoux de Courçon con el que he viajado desde Niort?

—Estaba en el tren, en efecto. Es el cuñado.

—¿El cuñado de quién?

—Del Courçon al que han asesinado.

Un hombrecito de pelo moreno entró a su vez en el hotel y vio enseguida a los dos hombres en el comedor.

—¡Buenas, Féron!—exclamó el periodista.

—Buenas noches. Disculpe, señor comisario. Nadie me ha anunciado su llegada, y por eso no estaba en la estación. Había ido a comer algo tras un día agotador cuando…—dijo señalando al pelirrojo—. He venido corriendo y…

—Le estaba diciendo a este joven—lo interrumpió Maigret empujando el plato y cogiendo la pipa—que no tengo nada que ver con ese caso Courçon. Estoy en Fontenay-le-Comte por pura casualidad, para saludar a mi viejo amigo Chabot y…

—¿Sabe él que está usted aquí?

—Debió de esperarme en el tren de las cuatro. Al no verme, seguramente pensó que llegaría mañana o que no vendría. —Maigret se levantó—. Y ahora, si me permiten, iré a saludarlo antes de acostarme.

El comisario de policía y el reportero parecían completamente descolocados.

—¿De veras no sabe nada?

—Nada de nada.

—¿No ha leído los periódicos?

—Desde hace tres días, los organizadores del congreso y la Cámara de Comercio de Burdeos no nos han dejado ni un minuto libre.

Los otros intercambiaron una mirada dubitativa.

—¿Sabe dónde vive el juez?

—Pues claro. A menos que la ciudad haya cambiado desde la última vez que lo visité.

No se decidían a soltarlo. En la acera, permanecían de pie a su lado.

—Caballeros, que tengan muy buenas noches.

El periodista insistió:

—¿No tiene ninguna declaración que hacer para el *Ouest-Éclair*?

—Ninguna. Buenas noches, caballeros.

Se dirigió a la rue de la République, cruzó el puente y durante el trayecto hasta la casa de Chabot no se cruzó con un alma. Chabot vivía en una casa antigua que, en otro tiempo, despertaba la admiración del joven Maigret. Seguía siendo la misma, de piedra gris, con una escalinata de cuatro peldaños y ventanas altas de cuadraditos de vidrio. Entre las cortinas se filtraba un poco de luz. Llamó al timbre, oyó unos pasos apresurados sobre las baldosas azules del corredor. Se abrió una mirilla.

—¿El señor Chabot está en casa?—preguntó.

—¿Quién es?

—El comisario Maigret.

—¿Ah, es usted, señor Maigret?

Había reconocido la voz de Rose, la sirvienta de los Chabot, que ya estaba en la casa treinta años atrás.

—Le abro inmediatamente. Un segundo, que tengo que retirar la cadena—le dijo, y de inmediato la oyó gritar hacia el interior de la casa—: ¡Señor Julien! Es su amigo el señor Maigret... Pase, señor Maigret. El señor Julien ha ido esta tarde a la estación, menudo disgusto ha tenido al no encontrarlo allí. ¿Cómo ha venido?

—En tren.

—¿Quiere decir que ha tomado el ómnibus de la tarde?

Se había abierto una puerta. En el haz de luz anaranjada había aparecido un hombre alto y delgado, un poco encorvado, que llevaba una chaqueta de andar por casa de terciopelo marrón.

—¿Eres tú?—preguntó.

—Pues claro. Perdí el tren bueno y tuve que tomar el malo.

—¿Y el equipaje?

—Está en el hotel.

—¿Estás loco? Tendré que enviar a buscarlo. Habíamos quedado que te alojarías aquí.

—Escucha, Julien...

Era curioso. Tenía que hacer un esfuerzo para llamar por su nombre de pila al antiguo compañero, y le sonaba raro. Incluso el tuteo le costaba.

—¡Pasa! ¿No habrás cenado, espero?

—Pues sí. En el Hôtel de France.

—¿Aviso a la señora?—preguntó Rose.

Maigret intervino.

—Me imagino que estará acostada.

—Acaba de subir. Pero no se acuesta hasta las once o las doce. Voy...

—Ni hablar. No voy a permitir que la molesten. Veré a tu madre mañana por la mañana.

—Se enfadará mucho.

Maigret calculaba que la señora Chabot debía tener al menos setenta y ocho años. En el fondo, se arrepentía de haber ido. Pero colgó el abrigo empapado de lluvia en el perchero antiguo y siguió a Julien a su despacho, mientras Rose, que a su vez ya tenía sesenta años largos, esperaba órdenes.

—¿Qué tomas? ¿Un coñac?

—Bueno.

Rose comprendió las indicaciones mudas del juez y se marchó. El olor de la casa no había cambiado, y era algo que en otro tiempo Maigret había envidiado: el olor de una casa bien llevada, donde se enceran los parquets y se cocinan platos suculentos.

Habría jurado que ningún mueble había cambiado de sitio.

—Siéntate. Me alegra verte.

Estuvo a un tris de decirle a Chabot que tampoco él había cambiado: reconocía sus rasgos, su expresión. Como los dos habían envejecido, a Maigret le costaba darse cuenta del trabajo de los años. Pero le impresionaba advertir algo apagado, dubitativo, algo un poco abúlico, que nunca antes había observado en su amigo.

¿Era así en otro tiempo? ¿Era Maigret el que no lo había notado?

—¿Un puro?

Había una pila de cajas sobre la chimenea.

—Sigo con la pipa.

—Es verdad. Lo había olvidado. Yo no fumo desde hace doce años.

—¿Por orden del médico?

—No. Un buen día me dije que era una idiotez fabricar humo y...

Rose entraba con una bandeja en la cual había una botella cubierta de un fino polvo de bodega y una sola copa de cristal.

—¿Tampoco bebes ya?

—Lo dejé en la misma época. Sólo tomo un poco de vino con agua en las comidas. Tú no has cambiado.

—¿Tú crees?

—Pareces gozar de una salud magnífica. Me alegra muchísimo que hayas venido. —¿Por qué no parecía totalmente sincero?—. Me has prometido tantas veces que pasarías a verme para luego excusarte en el último momento que te confieso que no me fiaba mucho.

—Como ves, ¡todo llega!

—¿Cómo está tu mujer?

—Muy bien, gracias.

—¿No te ha acompañado?

—No le gustan los congresos.

—¿Qué tal ha ido?

—Hemos bebido mucho, hemos hablado mucho y hemos comido mucho.

—Yo cada vez viajo menos. —Bajó la voz, porque se oían pasos en el piso de arriba—. Con mi madre, es difícil. Por otra parte, ya no puedo dejarla sola.

—¿Sigue gozando de tan buena salud?

—Sí. Sólo ha perdido un poco de vista. Se desespera porque ya no puede enhebrar la aguja, pero se empeña en no llevar gafas. —Se notaba que pensaba en otra cosa, miraba a Maigret de una forma parecida a la de Vernoux de Courçon en el tren—. ¿Estás al corriente?

—¿De qué?

—De lo que pasa aquí.

—Hace casi una semana que no he leído los periódicos. Pero he viajado hace un momento con un tal Vernoux de Courçon que dice que es amigo tuyo.

—¿Hubert?

—No lo sé. Un hombre de unos sesenta y cinco años.

—Es Hubert.

De la ciudad no llegaba ningún ruido. Sólo se oía la lluvia golpeando los cristales y, de vez en cuando, el crepitar de los troncos en la chimenea. El padre de Julien Chabot ya era juez de instrucción en Fontenay-le-Comte y el despacho no había cambiado al convertirse en el de su hijo.

—En ese caso, te habrán contado …

—Casi nada. Un periodista me asaltó con su cámara en el comedor del hotel.

—¿Uno pelirrojo?

—Sí.

—Es Lomel. ¿Qué te ha dicho?

—Estaba convencido de que había venido para ocuparme de no sé qué caso. No había tenido tiempo de disuadirlo cuando se ha presentado también el comisario de policía.

—En definitiva, ahora mismo toda la ciudad sabe que estás aquí.

—¿Te molesta?

Chabot logró a duras penas ocultar su vacilación.

—No..., pero...

—¿Pero qué?

—Nada. Es muy complicado. Tú nunca has vivido en una ciudad pequeña como Fontenay.

—Viví en Luçon más de un año, ¿recuerdas?

—Pero no hubo ningún caso como el que me ha caído ahora a mí.

—Recuerdo cierto asesinato, en L'Aiguillon.

—Es cierto, lo había olvidado. —Se trataba justamente de un caso en el cual Maigret se había visto obligado a detener como asesino a un antiguo magistrado al que todo el mundo consideraba respetabilísimo—. No es tan grave como eso. Ya lo verás mañana por la mañana. Me sorprendería que los periodistas de París no llegasen en el primer tren.

—¿Un crimen?

—Dos.

—¿El cuñado de Vernoux de Courçon?

—¿Ves como estás al corriente?

—Eso es todo lo que me han dicho.

—Su cuñado, sí, Robert de Courçon, que fue asesinado hace cuatro días. Sólo eso ya habría provocado un gran revuelo. Pero anteayer le tocó a la viuda Gibon.

—¿Quién es?

—Nadie importante. Al contrario. Una anciana que vivía sola al final de la rue des Loges.

—¿Qué relación hay entre los dos crímenes?

—Los dos fueron perpetrados de la misma forma, sin duda con la misma arma.

—¿Revólver?

—No. Un objeto contundente, como decimos en los atestados. Un trozo de tubo de plomo, o una herramienta como una llave inglesa.

—¿Eso es todo?

—¿Te parece poco? ¡Chsss!

Sin hacer ruido una mujer muy bajita, muy delgada, vestida de negro abrió la puerta y avanzó con la mano tendida.

—¡Es usted, Jules!—¿Cuántos años hacía que ya nadie lo llamaba así?—. Mi hijo ha ido a la estación, y como al volver me ha dicho que usted ya no vendría había subido a mi habitación. ¿No le han servido la cena?

—Ha cenado en el hotel, mamá.

—¿Cómo que en el hotel?

—Se ha instalado en el Hôtel de France. No quiere…

—¡Ni hablar! No se lo permitiré.

—Señora Chabot, le ruego que me escuche. Es mejor que me aloje en el hotel porque los periodistas ya me están persiguiendo. Si aceptase su invitación, mañana por la mañana o quizá esta misma noche estarían tocando el timbre sin parar. Y además, es mejor que nadie suponga que estoy aquí a petición de su hijo.

En el fondo, esto era lo que tenía preocupado al juez, y Maigret vio la confirmación en su cara.

—¡Lo dirán de todas formas!

—Y yo lo negaré. Este caso, o mejor dicho estos casos, no tienen nada que ver conmigo. No tengo ninguna intención de ocuparme del asunto.

¿Había temido Chabot que se inmiscuyera en lo que no

le importaba? ¿O acaso había pensado que Maigret, con sus métodos a veces un tanto personales, podría ponerlo en una situación delicada?

El comisario había aparecido en mal momento.

—No estoy seguro, mamá, de que Maigret no tenga razón. —Y volviéndose hacia su viejo amigo añadió—: Mira, no se trata de un caso cualquiera. Robert de Courçon, al que han asesinado, era un hombre muy conocido, más o menos emparentado con todas las grandes familias de la región. Su cuñado Vernoux también es todo un personaje. Después del primer crimen, empezaron las habladurías. Luego asesinaron a la viuda Gibon, y eso cambió un poco el curso de los rumores. Pero...

—¿Pero?

—Es difícil de explicar. El comisario de policía se ocupa del caso. Es un buen hombre, conoce la ciudad, aunque es del sur, de Arles, me parece. La brigada móvil de Poitiers también está en ello. Y yo, por mi parte...—La vieja dama se había sentado al borde de una silla, como si estuviera de visita, y escuchaba hablar a su hijo como si escuchase el sermón en la misa mayor—. Dos asesinatos en tres días es mucho en una ciudad de ocho mil habitantes. Hay gente asustada. No es sólo por la lluvia por lo que esta noche no hay nadie por las calles.

—¿Qué piensan los vecinos?

—Algunos creen que se trata de un loco.

—¿No ha habido robo?

—En ninguno de los dos casos. Y en ambos el asesino logró que las víctimas le abriesen la puerta sin desconfiar. Es una pista. En realidad, es casi la única que tenemos.

—¿No hay huellas?

—Ninguna. Si se trata de un loco, cometerá sin duda otros crímenes.

—Ya veo. ¿Y tú qué crees?

—Nada. Investigo. Estoy desconcertado.

—¿Por qué?

—Es demasiado confuso todavía para poderlo explicar. Tengo el peso de una terrible responsabilidad.

Lo decía como un funcionario abrumado. Y era efectivamente un funcionario lo que Maigret tenía delante, un funcionario de provincias que vive aterrado ante la posibilidad de dar un paso en falso.

¿Acaso el comisario también se había vuelto así, con la edad? Por culpa de su amigo, se sentía envejecer.

—No sé si no sería mejor que tomase el primer tren para París. Al fin y al cabo, sólo he pasado por Fontenay para saludarte. Ya lo he hecho. Mi presencia aquí puede crearte complicaciones.

—¿Qué quieres decir?

La primera reacción de Chabot no había sido protestar.

—El pelirrojo y el comisario de policía ya están convencidos de que eres tú quien me ha llamado pidiendo ayuda. Pretenderán que tienes miedo, que no sabes cómo manejar la situación, que…

—No lo creo —lo interrumpió el juez, rechazando la idea sin convencimiento—. No permitiré que te vayas. Tengo derecho a recibir a mis amigos cuando se me antoje.

—Mi hijo tiene razón, Jules. Y yo, por mi parte, creo que debe usted vivir en nuestra casa.

—Maigret prefiere tener libertad de movimientos, ¿no es cierto?

—Tengo mis costumbres.

—No insistiré más.

—De todas formas, sería mejor que me fuese mañana por la mañana.

¿Aceptaría Chabot esta nueva propuesta? Sonó el timbre del teléfono, y no era el mismo que en otras partes, tenía un sonido antiguo.

—Discúlpame—dijo Chabot descolgando el teléfono—. El juez de instrucción Chabot al habla.

La manera como lo decía era otro signo más, y Maigret tuvo que hacer un esfuerzo para no sonreír.

—¿Quién?... ¡Ah, sí!... Le escucho, Féron... ¿Cómo? ¿Gobillard?... ¿Dónde?... En la esquina del Champ-de-Mars con la calle... Voy enseguida... Sí... Está aquí... No lo sé... Que no toquen nada hasta que yo llegue...

Su madre lo miraba con una mano en el pecho.

—¿Otro?—balbuceó.

El juez asintió.

—Gobillard. —Y dirigiéndose a Maigret le explicó—: Un viejo borracho al que todo el mundo conoce en Fontenay porque se pasa el día pescando con caña junto al puente. Acaban de encontrarlo en la acera, muerto.

—¿Asesinado?

—Con el cráneo destrozado, como los otros dos, probablemente con el mismo instrumento.

Se había levantado, había abierto la puerta y descolgaba del perchero una vieja trenca y un sombrero deformado que probablemente sólo usaba los días de lluvia.

—¿Vienes?

—¿Crees que debería acompañarte?

—Ahora que saben que estás aquí se preguntarían por qué no vienes conmigo. Dos crímenes eran mucho. Con el tercero, cundirá el pánico.

En el momento en que salían, una manita nerviosa se aferró a la manga de Maigret y la anciana madre le murmuró al oído:

—¡Cuide de él, Jules! Es tan concienzudo que no se da cuenta del peligro.

EL VENDEDOR DE PIELES DE CONEJO

Tal era el grado de obstinación y violencia que la lluvia ya no era sólo lluvia ni el viento era viento helado; aquello era el encarnizamiento de los elementos, y hacía un rato, en el andén mal protegido de la estación de Niort, abrumado por ese invierno cuyos últimos estertores se alargaban, Maigret había pensado en un animal salvaje que no quiere morir y se ensaña y muerde hasta el final.

Ya no valía la pena resguardarse. No era sólo el agua que caía del cielo, sino la que chorreaba de los canalones en forma de gotas gordas y frías, y la que se escurría por las puertas de las casas a lo largo de las aceras, donde los arroyos hacían un ruido de torrentes, y en el cuello, en los zapatos y hasta en los bolsillos de la ropa que ya no conseguían secarse entre una salida y la siguiente.

Caminaban contra el viento, sin hablar, inclinados hacia delante, el juez con su vieja trenca cuyos faldones chasqueaban como bandera al viento, Maigret con su abrigo que pesaba cien kilos, y al cabo de unos pasos, el tabaco se apagó con un chisporroteo en la pipa del comisario.

Aquí y allá se veía alguna ventana iluminada, pero pocas. Después del puente, pasaron por delante de los ventanales del café de la Poste y fueron conscientes de que la gente los miraba por encima de los visillos; después de pasar ellos, la puerta se abrió y oyeron pasos y voces.

El crimen se había producido muy cerca de allí. En Fontenay, todo está muy cerca y normalmente no hace falta sacar el coche del garaje. A la derecha arrancaba una calle corta que unía la rue de la République con el Champ-de-

Mars. Delante de la tercera o cuarta casa, había un grupo de gente en la acera, cerca de los faros de una ambulancia, y algunos empuñaban una linterna.

Se destacó un hombre bajito, el comisario Féron, que estuvo a punto de meter la pata dirigiéndose a Maigret antes que a Chabot.

—Le he telefoneado enseguida, desde el café de la Poste. También he telefoneado al fiscal.

Una forma humana estaba tumbada en la acera, con una mano colgando en el arroyo, y se veía la piel clara entre los zapatos negros y el bajo del pantalón: Gobillard, el muerto, no llevaba calcetines. El sombrero yacía a unos metros de él. El comisario enfocó la cara con la linterna, y cuando Maigret se inclinó al mismo tiempo que el juez, se vio un relámpago, se oyó un clic y la voz del periodista pelirrojo pidiendo:

—Otra más, por favor. Acérquese, señor Maigret.

El comisario retrocedió refunfuñando. Cerca del cuerpo, había dos o tres personas mirándolo, y bastante más lejos, a cinco o seis metros, un segundo grupo, más numeroso, hablando en voz baja.

Chabot preguntó, en un tono oficial y a la vez exasperado:

—¿Quién lo descubrió?

Y Féron contestó, señalando una de las siluetas más cercanas:

—El doctor Vernoux.

¿También éste pertenecía a la familia del hombre del tren? Por lo que podía verse en la oscuridad, era mucho más joven. ¿Unos treinta y cinco años quizá? Era alto, tenía una cara larga, expresión nerviosa, y llevaba unas gafas sobre las cuales resbalaban unas gotas de lluvia.

Chabot y él se estrecharon maquinalmente la mano,

como hace la gente que se ve todos los días y hasta varias veces al día.

El doctor explicaba en voz baja:

—Iba a casa de un amigo, al otro lado de la plaza. Vi algo en la acera y me incliné. Ya estaba muerto. Para ganar tiempo, fui corriendo al café de la Poste y desde allí llamé al comisario.

Por los rayos de las linternas iban pasando sucesivamente las caras, siempre aureoladas por la lluvia.

—¿Es usted, Jussieux?

Apretón de manos. Aquella gente se conocía como si fueran alumnos de la misma clase en una escuela.

—Me encontraba justamente en el café. Estábamos jugando al bridge y hemos venido todos.

El juez se acordó de Maigret, que se mantenía apartado, e hizo las presentaciones:

—El doctor Jussieux, un amigo. El comisario Maigret.

Jussieux explicaba:

—El mismo procedimiento: un golpe violento en el cráneo. Esta vez el arma se ha deslizado ligeramente hacia la izquierda. A Gobillard también lo atacaron de frente, y él no intentó protegerse.

—¿Borracho?

—No tiene más que inclinarse y oler. Además, a esta hora y conociéndolo…

Maigret escuchaba distraídamente. Lomel, el periodista pelirrojo, que acababa de tomar una segunda fotografía, intentaba llevárselo aparte. Lo que tenía impresionado al comisario era bastante impreciso.

El grupo más pequeño, que estaba junto al cadáver, parecía compuesto únicamente por gente que se conocía, que pertenecía a un ambiente determinado: el juez, los dos médicos, los hombres que seguramente estaban jugando al bridge con el doctor Jussieux y que debían de ser todos personalidades del lugar.

El otro grupo, menos iluminado, no guardaba el mismo silencio. Sin manifestarse propiamente, emanaba una cierta hostilidad. Incluso se oyeron dos o tres risas burlonas.

Un coche oscuro aparcó detrás de la ambulancia y de él bajó un hombre que al reconocer a Maigret se quedó parado.

—¡Usted aquí, jefe!

No parecía muy contento de encontrarse con el comisario. Era Chabiron, un inspector de la unidad móvil que desde hacía unos años dependía de la brigada de Poitiers.

—¿Le han hecho venir?

—Estoy aquí por casualidad.

—Como pedrada en ojo de boticario. —Y acto seguido también él soltó una risa burlona—. Estaba patrullando la ciudad con el coche, lo cual explica que hayan tardado un rato en avisarme. ¿Quién es?

Féron, el comisario de policía, le explicó:

—Un tal Gobillard, un tipo que recorría Fontenay una o dos veces por semana para recoger las pieles de conejo. También compraba las pieles de buey o de cordero en el matadero municipal. Tenía un carro y un caballo viejo y vivía en una choza fuera de la ciudad. Se pasaba el día pescando junto al puente con las carnadas más repugnantes, tuétano, tripas de pollo, sangre coagulada.

Chabiron debía de ser pescador.

—¿Y sacaba algo?

—Era casi el único que sacaba algo. Por la noche, iba de bar en bar, tomando una copa de vino tinto en cada uno hasta que se cansaba.

—¿No armaba escándalos?

—Nunca.

—¿Estaba casado?

—Vivía solo con su caballo y un montón de gatos. —Chabiron se volvió hacia Maigret—. ¿A usted qué le parece, jefe?

—No me parece nada.

—Tres en una semana, no está mal para un poblacho como éste.

—¿Qué hacemos con él?—le preguntó Féron al juez.

—No creo que haga falta esperar al fiscal. ¿No estaba en casa?

—No. Su mujer está intentando localizarlo por teléfono.

—Creo que se puede trasladar el cuerpo al depósito.

Se volvió hacia el doctor Vernoux.

—¿No ha visto nada más, no ha oído nada?

—No. Iba andando deprisa, con las manos en los bolsillos. Casi tropecé con él.

—¿Su padre está en casa?

—Ha regresado esta tarde de Niort; estaba cenando cuando me he ido.

Por lo que Maigret entendió, era el hijo del Vernoux de Courçon con el que había viajado en el tren.

—Ya se lo pueden llevar.

El periodista no soltaba a Maigret.

—¿Se encargará del caso esta vez?

—Seguro que no.

—¿Ni siquiera a título privado?

—No.

—¿No siente curiosidad?

—No.

—¿También usted cree que son los crímenes de un loco?

Chabot y el doctor Vernoux, que lo habían oído, se miraron, siempre con ese aire de pertenecer al mismo clan, de conocerse tan bien que no necesitaban hablarse.

Era natural. Ocurre en todas partes. Raras veces, sin embargo, había tenido Maigret tan claramente la impresión de una camarilla. En una ciudad pequeña como aquélla, es obvio que hay personalidades, pocas, que forzosamente se encuentran varias veces al día, aunque sea por la calle.

Luego están los otros, como los que se mantenían agrupados aparte y no parecían muy contentos.

Sin que el comisario hubiese preguntado nada, el inspector Chabiron le explicó:

—Éramos dos. Levras, que me acompañaba, tuvo que irse esta mañana porque su mujer espera un bebé de un momento a otro. Yo hago lo que puedo. Estudio el caso desde todos los puntos de vista. Pero para hacer hablar a esta gente…—Con la barbilla señalaba al primer grupo, el de los notables del lugar. Estaba claro que el otro grupo le caía mejor—. El comisario de policía también hace lo que puede. Sólo dispone de cuatro agentes. Han trabajado todo el día. ¿Cuántos tiene patrullando en este momento, Féron?

—Tres.

En aquel mismo momento, como para confirmar estas palabras, un ciclista de uniforme se detenía junto a la acera y se sacudía la lluvia de los hombros.

—¿Nada?

—He identificado a la media docena de personas con las que me he cruzado. Le daré la lista. Todas tenían una buena justificación para estar en la calle.

—¿Vuelves a casa conmigo un momento?—le preguntó Chabot a Maigret.

Éste dudó. Dijo que sí porque le apetecía beber algo para calentarse y porque pensó que en el hotel ya no encontraría nada.

—Voy con ustedes—anunció el doctor Vernoux—, si no les molesta.

—En absoluto.

Esta vez el viento les daba de espalda y podían hablar. La ambulancia se había alejado llevando el cuerpo de Gobillard y en la place Viète se distinguía su luz roja.

—No les he presentado. Vernoux es el hijo de Hubert Vernoux, a quien conociste en el tren. Estudió Medicina pero no ejerce, le interesa sobre todo la investigación.

—Bueno, la investigación—protestó vagamente el médico.

—Estuvo dos años de residente en Sainte-Anne, le apasiona la psiquiatría y dos o tres veces por semana va al manicomio de Niort.

—¿Usted cree que estos tres crímenes son obra de un loco?—preguntó Maigret, más por cortesía que otra cosa.

Lo que acababan de decirle no contribuía a que Vernoux le cayera simpático, pues no le gustaban los aficionados.

—Es más que probable, por no decir seguro.

—¿Conoce usted a algún loco en Fontenay?

—Los hay en todas partes, pero generalmente no se les descubre hasta que se produce la crisis.

—Supongo que no podría ser una mujer.

—¿Por qué?

—Por la fuerza con la cual se ha asestado el golpe. No debe de ser fácil matar en tres ocasiones de esta manera, golpeando tan sólo una vez.

—En primer lugar, muchas mujeres son tan vigorosas como los hombres. Además, tratándose de locos...

Ya habían llegado.

—¿Tiene alguna idea, Vernoux?

—No por ahora.

—¿Le veré mañana?

—Casi seguro.

Chabot buscó la llave en el bolsillo. En el zaguán, Maigret y él se sacudieron para hacer caer la lluvia de sus ropas y enseguida hubo regueros en las baldosas. Las dos mujeres, la madre y la criada, esperaban en un saloncito muy mal iluminado que daba a la calle.

—Ya puede acostarse, mamá. No hay nada más que hacer esta noche, sólo pedir a la gendarmería que patrullen todos los hombres disponibles.

La anciana se decidió por fin a subir.

—¡Me siento realmente ofendida de que no quiera dormir en nuestra casa, Jules!

—Le prometo que, si me quedo más de veinticuatro horas, cosa que no creo, recurriré a su hospitalidad.

Recuperaron el aire inmóvil del despacho, donde la botella de coñac seguía en su sitio. Maigret se sirvió y se instaló de espaldas al fuego, con la copa en la mano.

Notaba que Chabot estaba incómodo, que era por eso por lo que lo había traído a casa. Antes que nada, el juez llamó a la gendarmería.

—¿Es usted, teniente? ¿Estaba acostado? Siento mucho molestarlo a esta hora...—Un reloj de esfera dorada, en la que apenas se distinguían las manecillas, marcaba las once y media—. Sí, otro... Gobillard... Esta vez en la calle... Enfrente, sí... Ya se lo han llevado al depósito... Jussieux debe de estar practicándole la autopsia, pero no hay razón para que nos dé ningún dato interesante... ¿Tiene hombres disponibles?... Creo que sería bueno que patrullasen por la ciudad, no tanto esta noche como cuando amanezca, para tranquilizar a la población, ¿sabe?... Sí... También yo lo he notado... Gracias, teniente.

Mientras colgaba, murmuró:

—Un chico encantador, que pasó por Saumur...—Debió de darse cuenta de lo que eso significaba (de nuevo un asunto de clan) y se sonrojó ligeramente—. Como ves, hago lo que puedo. Debe de parecerte pueril. Sin duda te damos la impresión de estar luchando con fusiles de madera, pero no disponemos de una organización como la que para ti es habitual en París. Para las huellas dactilares, por ejemplo, tengo que hacer venir cada vez a un experto de Poitiers. Y así para todo. La policía local está más acostumbrada a las pequeñas multas que a los crímenes. Los inspectores de Poitiers, por su parte, no conocen a la gente de Fontenay. —Y, tras un silencio, prosiguió—: Me habría gustado mucho no tener que ocuparme, a tres años de la jubilación, de un asunto como éste. Ahora que lo pienso, tú y yo tenemos más o menos la misma edad. Tú también, dentro de tres años…

—Yo también, sí.

—¿Tienes planes?

—Hasta me he comprado ya una casita en el campo, a orillas del Loira.

—Te aburrirás.

—¿Tú te aburres aquí?

—No es lo mismo. Yo he nacido aquí, mi padre nació aquí, conozco a todo el mundo.

—La población no parece muy contenta.

—¿Acabas de llegar y ya te has dado cuenta? Es cierto. Creo que es inevitable. Un crimen, vaya y pase, sobre todo el primero.

—¿Por qué?

—Porque se trataba de Robert de Courçon.

—¿No les caía bien?

—En realidad, la gente de la calle lo conocía poco, sólo de verlo pasar.

—¿Estaba casado? ¿Tenía hijos?

—Era un viejo solterón. Un tipo original, pero buena gente. Si sólo hubiese sido él, la población se habría mostrado bastante indiferente. Sólo la pequeña excitación que siempre acompaña a un crimen. Pero, inmediatamente, fue la vieja Gibon, y ahora Gobillard. Estoy seguro de que mañana...

—Ya ha empezado.

—¿Qué cosa?

—El grupo que se mantenía apartado, gente de la calle, supongo, y los que salieron del café de la Poste, me parecieron más bien hostiles.

—Sin llegar a tanto, yo diría...

—¿La ciudad es muy de izquierdas?

—Sí y no. Tampoco es exactamente eso.

—¿No les gustan los Vernoux?

—¿Te lo han dicho?—Para ganar tiempo, Chabot le preguntó—: ¿No te sientas? ¿Otra copa? Voy a tratar de explicártelo. No es fácil. Conoces la Vendée, aunque sólo sea por la fama que tiene. Durante mucho tiempo, se hablaba de los propietarios de castillos, de los condes, los vizcondes, los pequeños aristócratas que vivían entre sí y formaban una sociedad cerrada. Todavía existen, casi todos arruinados, y ya no pintan mucho. Algunos siguen dándose importancia y la gente los mira con cierta compasión, ¿comprendes?

—En todo el mundo rural ocurre lo mismo.

—Ahora son los otros los que han ocupado su sitio.

—¿Vernoux?

—Tú que lo has visto, adivina qué hacía su padre.

—¡No tengo ni idea! ¿Cómo quieres que lo sepa?

—Tratante de ganado. El abuelo era mozo en una granja. El padre Vernoux compraba ganado en la región y lo llevaba a París, rebaños enteros por las carreteras. Ganó mucho dinero. Era un animal, siempre medio borracho, y murió de *delirium tremens*. Su hijo...

—¿Hubert? ¿El del tren?

—Sí. Lo enviaron al instituto. Creo que estudió un año en la universidad. Los últimos años de su vida, el padre empezó a comprar granjas y tierras al mismo tiempo que animales, y éste fue el oficio que Hubert continuó.

—O sea que es agente inmobiliario.

—Sí. Tiene la oficina cerca de la estación, en la gran casa de piedra, y allí vivía hasta que se casó.

—¿Se casó con la heredera de un castillo?

—En cierto modo, sí, pero no del todo. Era una Courçon. ¿Te interesa?

—¡Por supuesto!

—Eso te dará una idea más exacta de la ciudad. Los Courçon se llamaban en realidad Courçon-Lagrange. Originariamente, sólo eran Lagrange, y añadieron el Courçon a su apellido cuando compraron el castillo de Courçon, hace tres o cuatro generaciones. Ya no sé qué vendía el fundador de la dinastía. Seguramente también ganado, o chatarra. Pero eso ya estaba olvidado cuando Hubert Vernoux entró en escena. Los hijos y los nietos ya no trabajaban. Robert de Courçon, el que ha sido asesinado, frecuentaba la aristocracia y era el hombre de la región que más sabía de blasones. Escribió varios libros sobre el tema. Tenía dos hermanas, Isabelle y Lucile. Isabelle se casó con Vernoux, que de inmediato pasó a llamarse Vernoux de Courçon. ¿Me sigues?

—¡No es demasiado difícil! Supongo que en el momento de esa boda los Courçon iban pendiente abajo y estaban faltos de dinero.

—Más o menos. Les quedaban un castillo hipotecado en el bosque de Mervent y el palacete de la rue Rabelais, que es la casa más hermosa de la ciudad y que muchas veces han querido declarar monumento histórico. Ya la verás.

—¿Hubert Vernoux sigue siendo agente inmobiliario?

—Tiene mucha gente a su cargo. Emilie, la hermana mayor de su mujer, vive con ellos. Su hijo, Alain, el doctor, al que has conocido hace un momento, se niega a ejercer y se dedica a unas investigaciones que no dan nada.

—¿Está casado?

—Se casó con una señorita de Cadeuil, ésta sí de la nobleza auténtica, que le ha dado tres hijos. El más pequeño tiene ocho meses.

—¿Viven con el padre?

—La casa es lo bastante grande, ya lo verás. Eso no es todo. Además de Alain, Hubert tiene una hija, Adeline, casada con un tal Paillet, al que conoció durante unas vacaciones en Royan. No sé a qué se dedica, pero creo que es Hubert Vernoux el que los mantiene. Viven la mayor parte del tiempo en París. De vez en cuando, aparecen por aquí unos días o unas semanas, y supongo que eso significa que están sin blanca. ¿Comprendes ahora?

—¿Qué es lo que debo comprender?

Chabot esbozó una sonrisa triste que, por un instante, le recordó a Maigret el compañero de antaño.

—Es verdad. Te estoy hablando como si fueras de aquí. Has visto a Vernoux. Es más hidalgo campesino que todos los hidalgos campesinos de la región. En cuanto a su mujer y a la hermana de su mujer, parecen competir para ver cuál de las dos es más odiosa para el común de los mortales. Todo eso constituye un clan.

—Y ese clan sólo trata a un puñado de gente.

Chabot se sonrojó por segunda vez aquella noche.

—Inevitablemente—murmuró, casi como un culpable.

—O sea que los Vernoux, los Courçon y sus amigos son un mundo aparte en la ciudad.

—Lo has adivinado. Por mi situación, me veo obligado a tratarlos. Y, en el fondo, no son tan odiosos como parecen. Juraría que Hubert Vernoux, por ejemplo, es un hombre abrumado por las preocupaciones. Ha sido muy rico. Ahora lo es menos y hasta me pregunto si todavía lo es, porque desde que la mayoría de los medianeros se han convertido en propietarios, el comercio de la tierra ya no es lo que era. Hubert tiene muchos gastos y debe mantener a todos los suyos. En cuanto a Alain, al que conozco mejor, está obsesionado por una idea fija.

—¿Cuál?

—Más vale que lo sepas. Así entenderás por qué, hace un momento en la calle, él y yo hemos intercambiado una mirada de preocupación. Ya te he dicho que el padre de Hubert Vernoux murió de *delirium tremens*. Por parte de la madre, es decir de los Courçon, los antecedentes no son mejores. El viejo Courçon se suicidó en circunstancias bastantes misteriosas, que se mantuvieron en secreto. Hubert tenía un hermano, Basile, del que jamás se habla, que se mató a los diecisiete años. Parece que, remontándose en la familia, se encuentran muchos locos y excéntricos. —Maigret escuchaba dando caladas perezosas a su pipa y mojando de vez en cuando los labios en la copa—. Ésta es la razón por la cual Alain estudió Medicina y entró como residente en Sainte-Anne. Dicen, y es plausible, que la mayoría de los médicos se especializan en las enfermedades por las que se creen amenazados.

»Alain está obsesionado con la idea de que pertenece a una familia de locos. Según él, Lucile, su tía, está medio loca. No me lo ha dicho, pero estoy convencido de que espía no sólo a su padre y a su madre, sino a sus propios hijos.

—¿Esto se sabe en la región?

—Algunos hablan de ello. En las ciudades pequeñas siempre se habla mucho, y con desconfianza, de la gente que no vive exactamente igual que los demás.

—¿Hablaron especialmente después del primer crimen?—Chabot sólo titubeó un segundo y asintió con la cabeza—. ¿Por qué?

—Porque sabían, o creían saber, que Hubert Vernoux

y su cuñado Courçon no se llevaban bien. Quizá también porque vivían enfrente el uno del otro.

—¿Se veían?

Chabot soltó una risita.

—Me pregunto qué pensarás de nosotros. No creo que en París se den situaciones como ésta. —El juez de instrucción se avergonzaba, en definitiva, de un ambiente que en cierto modo era el suyo, ya que vivía en él todo el año—. Te he dicho que los Courçon estaban arruinados cuando Isabelle se casó con Hubert Vernoux. Hubert le asignó una pensión a su cuñado Robert. Y Robert nunca se lo perdonó. Cuando hablaba de él, decía con ironía: «Mi cuñado millonario» o «Se lo pediré al ricacho».

»No ponía los pies en el palacete de la rue Rabelais, pero a través de sus ventanas podía seguir todas las idas y venidas. Vivía delante, en una casa más pequeña pero decente, donde una asistenta acudía todas las mañanas. Se lustraba las botas y se preparaba las comidas él mismo, hacía la compra con ostentación, vestido como un noble que sale a inspeccionar sus tierras, y parecía llevar como un trofeo un manojo de puerros o de espárragos. Debía de imaginarse que con eso hacía rabiar a Hubert.

—¿Y Hubert rabiaba?

—No lo sé. Es posible. Pero no por ello dejaba de mantenerlo. Se les vio varias veces, cuando se encontraban por la calle, intercambiar comentarios agridulces. Un detalle significativo: Robert de Courçon no corría nunca las cortinas de sus ventanas, para que la familia de enfrente lo viese vivir durante todo el día. Algunos pretenden que alguna vez les sacaba la lengua.

»De ahí a pretender que Vernoux se deshiciera de él, o lo matara en un momento de cólera...

—¿Eso han pretendido?

—Sí.

—¿Tú también lo has pensado?

—Profesionalmente, no excluyo *a priori* ninguna hipótesis.

Maigret no pudo evitar sonreír ante esa frase tan pomposa.

—¿Has interrogado a Vernoux?

—No lo he convocado a mi despacho, si es a eso a lo que te refieres. No había suficientes indicios para sospechar de un hombre como él.

Había dicho: «Un hombre como él».

Y se daba cuenta de que se traicionaba, de que eso era reconocer que él mismo formaba más o menos parte del clan. Esa tarde y esa visita de Maigret debían de ser un suplicio para él. Tampoco eran un placer para el comisario, aunque ahora ya no tenía tantas ganas de irse.

—Me lo he encontrado por la calle como todas las mañanas, y le he hecho un par de preguntas, como quien no quiere la cosa.

—¿Y qué te ha dicho?

—Que aquella noche no salió de sus aposentos.

—¿A qué hora se cometió el crimen?

—¿El primero? Más o menos como hoy, alrededor de las diez de la noche.

—¿Qué suelen hacer en casa de los Vernoux a esa hora?

—Salvo el bridge de los sábados, que los reúne a todos en el salón, cada uno hace su vida sin ocuparse de los demás.

—¿Vernoux no duerme en la misma habitación que su mujer?

—Eso le parecería pequeñoburgués. Cada uno tiene sus aposentos, en pisos diferentes, Isabelle en el primero y Hubert en el ala de la planta baja que da al patio. Alain y su mujer ocupan el segundo piso, y la tía Lucile, dos habitaciones en el tercero, en forma de mansarda. Cuando están la hija y su marido...

—¿Están ahora?

—No. Los esperan para dentro de unos días.

—¿Cuántos criados?

—Un matrimonio, que lleva con ellos veinte o treinta años, además de dos sirvientas bastante jóvenes.

—¿Y dónde duermen?

—En la otra ala de la planta baja. Ya verás la casa. Es casi un castillo.

—¿Tiene salida por detrás?

—Hay una puerta en el muro del patio que da a un callejón.

—¡O sea que cualquiera puede entrar o salir sin ser visto!

—Probablemente.

—¿No lo has comprobado?

Chabot sufría un verdadero suplicio y, como se sentía en falta, alzó la voz, casi furioso contra su amigo.

—Hablas como alguna gente del pueblo. Si hubiese ido a interrogar a los criados, sin tener ninguna prueba, ningún indicio, la ciudad entera habría estado convencida de que Hubert Vernoux o su hijo eran culpables.

—¿Su hijo?

—¡También él, claro que sí! Porque, como no trabaja y se dedica a la psiquiatría, eso basta para que lo consideren un loco. No frecuenta los dos cafés de la ciudad, no juega al billar ni a la *belote*, no persigue a las chicas y a veces, en la calle, se detiene bruscamente para mirar a alguien con unos ojos agrandados por los cristales de sus gafas. Los detestan lo bastante como...

—¿Tú los defiendes?

—No. Yo quiero mantener la cabeza fría, y en una ciudad pequeña no siempre es fácil. Trato de ser justo. Yo también pensé que el primer crimen tal vez era un asunto de familia. Estudié la cuestión desde todos los puntos de vista. El hecho de que no hubiese robo y de que Robert de Courçon no intentase defenderse me turbó. Y seguramente habría tomado ciertas disposiciones si...

—Un momento. ¿No le pediste a la policía que siguiera a Hubert Vernoux y a su hijo?

—Eso en París se puede hacer. Pero aquí no. Todo el mundo conoce a nuestros cuatro agentes de policía. En cuanto a los inspectores de Poitiers, ¡los habrían identificado nada más bajar del coche! Pocas veces hay más de diez personas a la vez por las calles. En estas condiciones, ¿quieres seguir a alguien sin que la gente se entere?—De pronto se calmó—. Perdona. Hablo tan alto que despertaré a mi madre. Es que me gustaría que entendieras mi posición. Hasta que se demuestre lo contrario, los Vernoux son inocentes. Y yo juraría que lo son. El segundo crimen, dos días después del primero, casi lo demuestra. Hubert Vernoux podía verse impulsado a matar a su cuñado, a golpearlo en un momento de furia. Pero no tenía ningún motivo para ir a la otra punta de la rue des Loges y asesinar a la viuda Gibon, a la que probablemente no conoce.

—¿Quién es?

—Una antigua comadrona cuyo marido, muerto desde hace tiempo, era policía. Vivía sola, medio inválida, en una casa de tres habitaciones.

»Y no sólo está la vieja Gibon, sino esta noche Gobillard. A éste, los Vernoux lo conocían, como todo el mundo en Fontenay. En todas las localidades de Francia hay al menos un borracho como él que se convierte en un personaje popular.

»Si puedes darme un solo motivo para matar a un hombre como éste...

—Supón que haya visto algo.

—¿Y la viuda Gibon, que ya no salía de casa? ¿También habría visto algo? ¿Habría venido a la rue Rabelais, pasadas las diez de la noche, para asistir al crimen a través de las ventanas? No. Mira, conozco los métodos de las investigaciones criminales. No he asistido al congreso de Burdeos y a lo mejor estoy un poco desfasado respecto a los últimos descubrimientos científicos, pero creo conocer mi oficio y ejercerlo en conciencia. Las tres víctimas pertenecen a ambientes completamente diferentes y no tenían ninguna relación entre sí. A las tres las han matado de la misma forma y, según las heridas, podemos concluir que con la misma arma. Y las tres fueron atacadas de frente, lo cual hace suponer que no desconfiaban. Si se trata de un loco, no es un loco furioso del que cualquiera se habría apartado. Por lo tanto, se trata de lo que yo llamaría un loco lúcido, que sigue una línea de conducta determinada y es lo bastante prudente como para tomar precauciones.

—Alain Vernoux no ha explicado mucho sobre su presencia en la ciudad esta noche, cuando llovía a mares.

—Ha dicho que iba a ver a un amigo al otro lado del Champ-de-Mars.

—Pero no ha dado su nombre.

—Porque no hace falta. Yo sé que a menudo va a visitar a un tal Georges Vassal, un soltero al que conoció en el instituto. Aunque no hubiera dado esta información, no me habría sorprendido.

—¿Por qué?

—Porque el caso le apasiona aún más que a mí, por razones más personales. No pretendo decir que sospeche de su padre, pero no lo descarto. Hace unas semanas, me habló de él y de las taras familiares.

—¿Así, a bocajarro?

—No. Regresaba de La Roche-sur-Yon y me citaba un caso que había estudiado. Se trataba de un hombre de más de sesenta años que hasta entonces se había comportado normalmente y que, el día que tuvo que pagar la dote que le había prometido siempre a su hija, tuvo un ataque de locura. No se dieron cuenta enseguida.

—En otras palabras, ¿Alain Vernoux habría estado vagando por la noche en Fontenay en busca del asesino?

El juez de instrucción volvió a protestar.

—A lo mejor está más cualificado para reconocer a un demente en la calle que nuestros agentes que patrullan por la ciudad, o que tú y yo.

Maigret no contestó.

Eran más de las doce.

—¿Estás seguro de que no quieres quedarte a dormir?

—Tengo el equipaje en el hotel.

—¿Te veré mañana por la mañana?

—Por supuesto.

—Estaré en el Palacio de Justicia. ¿Sabes dónde está?

—En la rue Rabelais, ¿no?

—Un poco más arriba que la casa de los Vernoux. Verás primero las rejas de la cárcel y luego un edificio bastante vulgar. Mi despacho está al final del pasillo, junto al del fiscal.

—Buenas noches, Julien.

—Perdona por el recibimiento.

—¿No, hombre, por Dios!

—Tienes que comprender cómo me siento. Es el típico caso que puede ponerme la ciudad en contra.

—¡Vaya, hombre!

—¿Te burlas de mí?

—Te juro que no.

Era cierto. Maigret estaba más bien triste, como cada

vez que uno ve alejarse una parte del pasado. En el zaguán, al ponerse el abrigo empapado, husmeó el olor de la casa, que siempre le había parecido tan sabroso y ahora le parecía insípido.

Chabot había perdido casi todo el cabello, lo cual dejaba al descubierto un cráneo puntiagudo como el de ciertos pájaros.

—Te acompaño.

No tenía ganas de hacerlo. Lo decía por cortesía.

—¡Ni hablar!—. Y Maigret añadió una broma no muy fina, por decir algo, para terminar con una nota jovial—: ¡Ya sé nadar!

Después de lo cual, se levantó las solapas del abrigo y se zambulló en la borrasca. Julien Chabot permaneció un momento en el umbral, en el rectángulo de luz amarillenta. Luego la puerta se cerró y Maigret tuvo la impresión de que en las calles de la ciudad ya no quedaba nadie más que él.

3
EL MAESTRO QUE NO DORMÍA

El espectáculo de las calles era más deprimente a la luz del día que por la noche, porque la lluvia lo había ensuciado todo, dejando regueros oscuros en las fachadas cuyos colores se habían vuelto feos. Aún caían gruesas gotas de las cornisas, de los cables eléctricos y de vez en cuando del cielo, todavía dramático, como si quisiera recuperar fuerzas para nuevas convulsiones.

Maigret, que se había levantado tarde, no había tenido ánimos para bajar a desayunar. Malhumorado, sin apetito, sólo le apetecían dos o tres tazas de café solo. Pese al coñac de Chabot, aún le parecía tener en la boca el regusto del vino blanco demasiado dulce que había bebido en Burdeos.

Oprimió un timbre que colgaba en la cabecera de la cama. La camarera de negro con mandil blanco que acudió a su llamada lo miró con tanta curiosidad que obligó al comisario a cerciorarse de que su atuendo era correcto.

—¿De verdad no quiere unos cruasanes calientes? Un hombre como usted necesita comer por la mañana.

—Sólo café, jovencita. Una jarra de café bien grande.

La camarera vio el traje que Maigret había puesto a secar el día anterior encima del radiador y lo cogió.

—¿Qué hace usted?

—Le pasaré la plancha.

—No, gracias, no vale la pena.

¡Se lo llevó de todas formas!

Por su físico, habría jurado que normalmente era más bien arisca.

Mientras se aseaba, la chica lo interrumpió dos veces, una para asegurarse de que tenía jabón, y otra para traerle una segunda jarra de café que él no había pedido. Luego entró con el terno, seco y planchado. Era flaca, pecho plano, y aunque parecía poco saludable debía de ser dura como el acero.

Pensó que seguramente había leído su nombre en la ficha de la entrada y era una apasionada de los sucesos.

Eran las nueve y media de la mañana. Maigret se entretuvo como para protestar contra no sabía bien qué, contra lo que consideraba una especie de conspiración del destino.

Al bajar la escalera cubierta con la alfombra roja un mozo que subía lo saludó respetuosamente:

—Buenos días, señor Maigret.

Comprendió el porqué al llegar al vestíbulo, donde el *Ouest-Éclair* estaba expuesto encima de un velador, con su fotografía en primera plana.

Era la foto que le tomaron en el momento en que se inclinaba sobre el cuerpo de Gobillard. Un doble título anunciaba a tres columnas: EL COMISARIO MAIGRET SE ENCARGA DE LOS CRÍMENES DE FONTENAY. UN VENDEDOR DE PIELES DE CONEJO ES LA TERCERA VÍCTIMA.

Aún no había tenido tiempo de leer el artículo cuando el director del hotel se le acercó tan solícito como la camarera.

—Espero que haya dormido bien y que el 17 no le haya molestado mucho.

—¿Qué es el 17?

—Un viajante que anoche bebió demasiado y armó un escándalo. Al final lo cambiamos de habitación para que no le despertase. —Maigret no había oído nada—. Por cierto, Lomel, el corresponsal del *Ouest-Éclair*, ha pasado esta mañana a verle. Cuando le he dicho que aún estaba acostado, ha contestado que no corría prisa y que ya lo vería luego en el Palacio de Justicia. También hay una carta para usted.

Era un sobre barato, como los que venden por paquetes de seis, de seis colores diferentes, en las tiendas de ultramarinos. Éste era verdoso. En el momento de abrirlo, Maigret observó que fuera, con la cara pegada a la cristalera, había una docena de personas entre las palmeras metidas en toneles.

«No se deje impresionar por la gente de la Alta».

Los que esperaban en la acera, entre ellos dos mujeres vestidas para ir al mercado, se separaron para dejarlo pasar, y había algo esperanzado y amistoso en la forma como lo miraban, no tanto por curiosidad, no tanto porque era famoso, sino porque confiaban en él. Una de las mujeres dijo, sin osar acercarse:

—¡Usted lo descubrirá, señor Maigret!

Y un joven que parecía un repartidor caminó al mismo paso que él por la acera opuesta para poder observarlo bien.

En las puertas había mujeres comentando el último crimen, y se interrumpían para seguirlo con la mirada. Un grupo salió del café de la Poste, y también percibió simpatía en sus miradas. Parecía que querían darle ánimos.

Pasó por delante de la casa del juez Chabot, donde Rose sacudía unos trapos por la ventana del primer piso; no se detuvo, cruzó la place Viète y subió por la rue Rabelais, donde a la izquierda se alzaba el palacete con el frontón blasonado que debía de ser la casa de los Vernoux. No había ninguna señal de vida detrás de las ventanas cerradas. Enfrente, una casita, también antigua, con los postigos cerrados, era probablemente la casa donde Robert de Courçon había acabado su vida solitaria.

De vez en cuando soplaba una ráfaga de viento húmedo. Sobre un cielo color de vidrio esmerilado corrían algunas nubes bajas, oscuras, y de aquella franja caían gotas. La verja de la cárcel parecía más negra al estar mojada. Había una docena de personas delante del Palacio de Justicia, que no tenía mucha prestancia y en realidad era menos amplio que la casa de los Vernoux, pero al menos estaba adornado de un peristilo y una escalinata de pocos peldaños.

Lomel, con sus dos aparatos en bandolera, fue el primero en correr hacia él, y no había ni rastro de remordimientos en su cara saludable ni en sus ojos de un azul muy claro.

—¿Me confiará sus impresiones antes de comunicárselas a sus colegas de París?

Y, al señalarle Maigret enfurruñado el periódico que sobresalía de su bolsillo, sonrió.

—¿Está enfadado?

—Creo haberle dicho…

—Oiga, comisario, yo estoy obligado a hacer mi trabajo de periodista. Sabía que acabaría usted encargándose del caso. Sólo me he anticipado unas horas.

—Otra vez no anticipe.

—¿Va a ver al juez Chabot?

En el grupo ya había dos o tres reporteros de París y le costó quitárselos de encima. También había curiosos que parecían decididos a pasar el día haciendo guardia delante del Palacio de Justicia.

Los pasillos eran oscuros. Lomel, que se había convertido en su guía, lo precedía y le mostraba el camino.

—Por aquí. ¡Para nosotros es mucho más importante que para los periodicuchos de la capital! ¡Debe entenderlo! «Él» está en su despacho desde las ocho de la mañana. También está aquí el fiscal. Anoche, mientras lo buscaban por todas partes, estaba en La Rochelle. Había hecho una escapada en coche. ¿Conoce al fiscal?

Maigret había llamado y le habían contestado que podía

pasar. Abrió la puerta y la cerró, dejando al reportero pelirrojo en el pasillo.

Julien Chabot no estaba solo. El doctor Alain Vernoux estaba sentado frente a él en un sillón y se levantó para saludar al comisario.

—¿Has dormido bien?—preguntó el juez.

—Estupendamente.

—Siento que mi hospitalidad ayer no estuviera a la altura. Ya conoces a Alain Vernoux. Pasaba por aquí y ha entrado a verme.

No era verdad. Maigret habría jurado que el psiquiatra lo estaba esperando a él, e incluso que esa entrevista la habían planeado los dos hombres.

Alain se había quitado el abrigo. Llevaba un traje de lana áspera, de líneas indecisas, al que le habría venido bien un golpe de plancha. El nudo de la corbata estaba flojo. Debajo de la americana se veía un suéter amarillo. Los zapatos no estaban lustrados. A pesar de todo ello, no dejaba de pertenecer a la misma categoría que su padre, tan atildado y meticuloso.

¿Por qué provocó esto en Maigret una mueca de desagrado? El uno era demasiado pulcro y acicalado, y el otro al contrario exhibía una negligencia que no habrían podido permitirse un empleado de banca, ni un profesor de instituto, ni un viajante de comercio, y seguro que los trajes de esa tela no se encontraban más que en las sastrerías más exclusivas de París, o tal vez de Burdeos.

Hubo un silencio embarazoso. Maigret, que no hacía nada para ayudar a los dos hombres, se plantó delante del fuego exiguo de la chimenea adornada con el mismo reloj de mármol negro que él tenía en su despacho del quai des Orfèvres. La administración debió de encargarlos a centenares cuando no a millares en algún momento del pasado. ¿Atrasarían todos doce minutos, como el de Maigret?

—Alain me estaba diciendo algo interesante—murmuró por fin Chabot, apoyando la mano en la barbilla, con una pose muy de juez de instrucción—. Hablábamos de la locura criminal.

Vernoux hijo lo interrumpió.

—No he afirmado que estos tres crímenes sean obra de un loco. He dicho que *si fueran obra de un loco...*

—Viene a ser lo mismo.

—No exactamente.

—Pongamos que soy yo el que ha dicho que todo parece indicar que estamos en presencia de un loco. —Y, volviéndose hacia Maigret—: Lo comentamos anoche tú y yo. La ausencia de motivo en los tres casos, la similitud de los medios...—Y luego, dirigiéndose a Vernoux—: Repítale al comisario lo que estaba diciendo, si no le importa.

—No soy ningún experto, en esta materia, soy un simple aficionado. Estaba desarrollando una idea general. La mayoría de la gente cree que los locos siempre actúan como locos, es decir, sin lógica y sin coherencia. Ahora bien, en la realidad, ocurre muchas veces lo contrario. Los locos tienen su lógica propia. La dificultad estriba en descubrir esa lógica.

Maigret lo miraba sin decir nada, con sus grandes ojos un poco glaucos de la mañana. Se arrepentía de no haberse detenido por el camino a tomar una copa que le entonase el estómago.

Aquel despachito, donde empezaba a flotar el humo de su pipa y donde bailaban las llamas bajas de los troncos, le parecía casi irreal, y los dos hombres que discutían sobre la locura mirándolo por el rabillo del ojo eran como figuras de cera. Tampoco ellos estaban en la vida. Hacían gestos que habían aprendido, hablaban como les habían enseñado a hacerlo.

¿Qué podía saber un Chabot de lo que pasaba en la calle? ¿Y, más aún, por la cabeza de un hombre que mata?

—Ésta es la lógica que desde el primer crimen intento descubrir.

—¿Desde el primer crimen?

—Digamos que desde el segundo. Pero ya desde el primer crimen, desde el asesinato de mi tío, pensé en el acto de un demente.

—¿Y lo ha descubierto?

—Aún no. Sólo he anotado algunos elementos del problema que pueden proporcionar indicios.

—¿Por ejemplo?

—Por ejemplo, que *el hombre* golpee de frente. No es fácil expresar mi pensamiento de manera sencilla. Un hombre que quiera matar por matar, es decir para suprimir a otros seres vivos, y que al mismo tiempo no desee ser descubierto, elegirá el medio menos peligroso. Y éste sin duda no quiere que lo descubran, puesto que evita dejar huellas. ¿Me sigue?

—Hasta aquí, no es demasiado complicado.

Vernoux frunció el ceño al notar la ironía en la voz de Maigret. En el fondo, posiblemente era un tímido. No miraba a los ojos. Detrás de los gruesos vidrios de sus lentes, se limitaba a lanzar miradas furtivas, y luego posaba la vista en un punto cualquiera del espacio.

—¿Admite usted que hace todo lo posible para que no lo descubran?

—Eso parece.

—Sin embargo, ataca a tres personas la misma semana, y las tres veces con éxito.

—Así es.

—En los tres casos, habría podido agredirlas por detrás, lo cual reducía las posibilidades de que la víctima gritase.

—Maigret lo miraba fijamente—. Como ni siquiera un loco hace nada sin motivo, deduzco que el asesino siente la necesidad de desafiar al destino, o de desafiar a las víctimas. Algunas personas necesitan afirmarse, aunque sea a través de un crimen o de una serie de crímenes. A veces, es para demostrarse a sí mismas su poder, su importancia, o su valor. Otras personas están convencidas de que tienen que vengarse de sus semejantes.

—Hasta ahora, el asesino sólo ha agredido a personas débiles. Robert de Courçon era un anciano de setenta y tres años. La viuda Gibon era inválida y Gobillard, en el momento en que lo agredió, estaba borracho como una cuba.

Esta vez, el juez acababa de hablar, siempre con la barbilla apoyada en la mano, aparentemente satisfecho de sí mismo.

—Yo también lo he pensado. Tal vez sea una señal, tal vez una casualidad. Lo que trato de descubrir es el tipo de lógica que inspira la forma de actuar del desconocido. Cuando la descubramos, no tardaremos en atraparlo.

Utilizaba la primera persona del plural como si participase obviamente en la investigación, y Chabot no protestaba.

—¿Es por eso por lo que anoche se hallaba usted en la calle?—preguntó el comisario.

Alain Vernoux se estremeció y se sonrojó ligeramente.

—En parte. Es cierto que iba a ver a un amigo, pero le confieso que, desde hace tres días, recorro las calles tan a menudo como puedo estudiando el comportamiento de los transeúntes. La ciudad no es muy grande. Es probable que el asesino no viva encerrado en su casa. Camina por las aceras, como todo el mundo, quizá se tome una copa en los cafés.

—¿Cree usted que lo reconocería si lo viera?

—Es posible.

—Creo que Alain puede sernos de gran utilidad—murmuró Chabot algo azorado—. Lo que nos ha dicho esta mañana me parece muy sensato.

El doctor se levantó y, en ese mismo momento, se oyó un ruido en el pasillo, llamaron a la puerta y el inspector Chabiron asomó la cabeza.

—¿No está usted solo?—preguntó mirando no a Maigret, sino a Alain Vernoux, cuya presencia pareció desagradarle.

—¿Qué hay, inspector?

—Traigo a una persona a la que quiero que interrogue.

El doctor anunció.

—Yo me voy.

Nadie lo retuvo. Mientras salía, Chabiron le dijo a Maigret, no sin amargura:

—¿Al parecer, jefe, se hará usted cargo del caso?

—Es lo que pone el periódico.

—Tal vez la investigación no se alargue. Podría terminar en unos minutos. ¿Hago entrar al testigo, señor juez?—Y, volviéndose hacia la penumbra del corredor—: ¡Ven! No tengas miedo.

Una voz replicó:

—No tengo miedo.

Vieron entrar a un hombrecito flaco, vestido de azul marino, con la cara pálida y los ojos ardientes.

Chabiron lo presentó:

—Émile Chalus, maestro de la escuela de niños. Siéntate, Chalus.

Chabiron era uno de esos policías que tutean invariablemente a los culpables y a los testigos, con la convicción de que eso los impresiona.

—Esta noche—explicó—he empezado a interrogar a los vecinos de la calle donde mataron a Gobillard. Tal vez pretendan que es pura rutina…—lanzó una ojeada a Maigret, como si el comisario fuese un enemigo personal de la rutina—, pero a veces la rutina tiene su lado bueno. La calle no es larga. Esta mañana temprano he seguido peinándola. Émile Chalus vive a treinta metros del lugar donde se cometió el crimen, en el segundo piso de una casa en la que la planta baja y el primero están ocupados por despachos. Cuenta, Chalus.

Éste estaba totalmente dispuesto a hablar, aunque era evidente que no sentía ninguna simpatía por el juez. Se volvió hacia Maigret.

—Oí ruido en la acera, un ruido como de forcejeo.

—¿A qué hora?

—Serían la diez de la noche.

—¿Y luego?

—Unos pasos alejándose.

—¿En qué dirección?

El juez de instrucción hacía las preguntas, dirigiendo cada vez una mirada a Maigret como para ofrecerle la palabra.

—En dirección a la rue de la République.

—¿Pasos precipitados?

—No, pasos normales.

—¿De hombre?

—Sin lugar a dudas.

Chabot parecía pensar que no era ningún descubrimiento espectacular, pero el inspector intervino.

—Espere a ver lo que viene después. Diles qué pasó después, Chalus.

—Transcurrieron unos minutos y un grupo de gente entró en la calle, también venían de la rue de la République. Se agolparon en la acera, hablando en voz alta. Oí la palabra doctor, luego la palabra comisario de policía, y me levanté para mirar por la ventana.

Chabiron estaba exultante.

—¿Comprende, señor juez? Oyó un forcejeo. Hace un momento también me dijo que había oído un ruido blando, como el de un cuerpo cayendo sobre la acera. Repítelo, Chalus.

—Así es.

—Inmediatamente después, alguien se dirigió hacia la rue de la République, donde se halla el café de la Poste. Tengo otros testigos en la sala de espera, los clientes que se encontraban en ese momento en el café. Eran las diez y diez cuando el doctor Vernoux entró y, sin decir palabra, se dirigió a la cabina telefónica. Tras hablar por teléfono, vio al doctor Jussieux, que estaba jugando a las cartas, y le murmuró algo al oído. Jussieux anunció a los demás que acababa de cometerse un crimen y todos salieron rápidamente a la calle.

Maigret miraba fijamente a su amigo Chabot cuyo rostro se había petrificado.

—¿No ve lo que esto significa?—continuaba el inspector con una especie de alegría agresiva, como si estuviera ejerciendo una venganza personal—. Según el doctor Vernoux, éste vio un cuerpo en la acera, ya casi frío, y se dirigió al café de la Poste para llamar a la policía. De ser así, habría habido el doble de pasos en la calle y Chalus, que no dormía, los habría oído. —Aún no se atrevía a mostrarse triunfante, pero se notaba que su excitación iba en aumento—. Chalus no tiene antecedentes penales. Es un maestro distinguido. No tiene ningún motivo para inventarse una historia.

Maigret rechazó una vez más la invitación a hablar que su amigo le dirigía con la mirada. Entonces se produjo un silencio bastante largo. Probablemente para dar una impresión de normalidad, el juez escribió unas palabras en un expediente y, cuando levantó la cabeza, estaba tenso.

—¿Está usted casado, señor Chalus?—preguntó con voz inexpresiva.

—Sí, señor.

Entre los dos hombres, la hostilidad era manifiesta. Chalus también estaba tenso, y su manera de responder era agresiva. Parecía desafiar al magistrado a que destruyese su declaración.

—¿Tiene hijos?

—No.

—¿Su mujer estaba con usted anoche?

—En la misma cama.

—¿Dormía?

—Sí.

—¿Se acostaron a la vez?

—Como siempre que no tengo demasiados deberes que corregir. Ayer era viernes y no tenía nada.

—¿A qué hora se acostaron su mujer y usted?

—A las nueve y media, tal vez unos minutos más tarde.

—¿Siempre se acuestan tan temprano?

—Nos levantamos a las cinco y media.

—¿Por qué?

—Porque aprovechamos la libertad concedida a todos los franceses de levantarse a la hora que quieran.

Maigret, que lo observaba con interés, habría apostado a que se interesaba por la política, pertenecía a un partido de izquierdas y probablemente era lo que se llama un militante. Era el típico hombre que se manifiesta, toma la palabra en los mítines, también el hombre que distribuye panfletos en los buzones y se niega a dispersarse cuando la policía lo ordena.

—O sea que se acostaron los dos a las nueve y media y supongo que se durmieron.

—Todavía conversamos durante unos diez minutos.

—Llegamos así a las diez menos veinte. ¿Se durmieron los dos?

—Mi mujer se durmió.

—¿Y usted?

—No. Me cuesta conciliar el sueño.

—O sea que cuando oyó ruido en la acera, a treinta metros de su casa, usted no dormía.

—Así es.

—¿No había dormido nada?

—No.

—¿Estaba totalmente despierto?

—Lo bastante como para oír un forcejeo y el ruido de un cuerpo al caer.

—¿Llovía?

—Sí.

—¿No hay ningún piso encima del suyo?

—No. Vivimos en el segundo.

—¿Debía de oír la lluvia en el tejado?

—Acabas por no prestarle atención.

—¿El agua corriendo por el canalón?

—Seguramente.

—¿O sea que los ruidos que oyó usted sólo eran unos ruidos entre otros?

—Hay una diferencia sensible entre el agua que fluye y unos hombres pisoteando el suelo o un cuerpo que cae.

El juez no se rendía.

—¿No tuvo la curiosidad de levantarse?

—No.

—¿Por qué?

—Porque no estamos lejos del café de la Poste.

—No comprendo.

—Es frecuente, por la noche, que personas que han bebido demasiado pasen por delante de casa, y a veces caen sobre la acera.

—¿Y se quedan ahí?

Chalus no acertó a responder inmediatamente.

—Ya que ha hablado usted de forcejeos, supongo que tuvo la impresión de que había varios hombres en la calle, dos al menos.

—Es evidente.

—Un solo hombre se alejó en dirección a la rue de la République. ¿No es así?

—Supongo.

—Puesto que ha habido un crimen, dos hombres, como mínimo, se encontraban a treinta metros de su casa en el momento de los forcejeos. ¿Me sigue usted?

—No es difícil.

—¿Y oyó irse a uno?

—Ya se lo he dicho.

—¿Cuándo los oyó llegar? ¿Llegaron juntos? ¿Venían de la rue de la République o del Champ-de-Mars?

Chabiron se encogió de hombros. Émile Chalus, por su parte, reflexionaba, con una mirada dura.

—No los oí llegar.

—¿Pero no supone que llevaban mucho rato allí, bajo la lluvia, esperando uno de ellos el momento propicio para matar al otro?

El maestro cerró los puños.

—¿Eso es todo lo que se le ocurre?—refunfuñó entre dientes.

—No le entiendo.

—Le molesta que alguien de su mundo sea puesto en entredicho. Pero su pregunta no se sostiene. Yo no tengo por qué oír necesariamente a alguien que pasa por la acera, o para ser más preciso no tengo por qué prestarle atención.

—Sin embargo…

—Déjeme terminar, si no le importa, en vez de tratar de confundirme. Hasta el momento en que hubo los forcejeos, yo no tenía ningún motivo para prestar atención a los que pasaban por la calle. Luego, en cambio, estaba alerta.

—¿Y usted afirma que, desde el momento en que un cuerpo cayó sobre la acera hasta el momento en que varias personas llegaron desde el café de la Poste no pasó nadie por la calle?

—No se oyeron pasos.

—¿Se da usted cuenta de la importancia de esta declaración?

—Yo no he solicitado hacerla. Es el inspector el que ha venido a interrogarme.

—Antes de que el inspector lo interrogara, ¿usted no tenía ninguna idea de la importancia de su testimonio?

—Ignoraba la declaración del doctor Vernoux.

—¿Quién le ha hablado a usted de declaración? El doctor Vernoux no ha sido llamado a declarar.

—Digamos que ignoraba lo que ha contado.

—¿Es el inspector quien se lo ha dicho?

—Sí.

—¿Y usted lo ha entendido?

—Sí.

—Y me imagino que ha estado encantado del efecto que iba a producir. ¿Odia usted a los Vernoux?

—A ellos y a todos los que son como ellos.

—¿Se ha ensañado especialmente con ellos en sus discursos?

—Alguna vez.

El juez, muy frío, se volvió hacia el inspector Chabiron.

—¿Su mujer ha confirmado lo que dice?

—En parte. No la he hecho venir porque estaba ocupada en sus tareas, pero puedo ir a buscarla. Se acostaron efectivamente a las nueve y media. Está segura, porque fue ella la que le dio cuerda al despertador, como todas las noches.

Hablaron un poco. Ella se durmió y lo que la despertó fue notar que su marido ya no estaba a su lado. Lo vio de pie en la ventana. Entonces eran las diez y cuarto y un grupo de gente se agolpaba alrededor del cuerpo.

—¿No bajaron ninguno de los dos?

—No.

—¿No sintieron curiosidad por saber lo que pasaba?

—Entreabrieron la ventana y oyeron decir que acababan de matar a Gobillard.

Chabot, que seguía evitando mirar a Maigret, parecía desanimado. Todavía hizo algunas preguntas:

—¿Hay otros vecinos de la calle que ratifiquen su testimonio?

—De momento no.

—¿Los ha interrogado a todos?

—A los que estaban en casa esta mañana. Algunos ya se habían ido a trabajar. Dos o tres más, que anoche estaban en el cine, no saben nada.

Chabot se volvió hacia el maestro.

—¿Conoce usted personalmente al doctor Vernoux?

—No he hablado nunca con él, si es eso lo que quiere decir. Me lo he cruzado muchas veces por la calle, como todo el mundo. Sé quién es.

—No tiene usted ninguna animadversión particular contra él?

—Ya se lo he dicho.

—¿Nunca antes ha comparecido usted ante la justicia?

—Me han detenido más de una docena de veces en manifestaciones políticas, pero siempre me han soltado después de pasar una noche en el calabozo y recibir unos cuantos golpes, naturalmente.

—No estoy hablando de eso.

—Ya comprendo que no le interese.

—¿Mantiene su declaración?

—Sí, aunque no le guste.

—No se trata de mí.

—Se trata de sus amigos.

—¿Está usted lo bastante seguro de lo que oyó anoche como para no dudar en enviar a alguien a presidio o al patíbulo?

—No soy yo el que ha matado. El asesino no dudó en matar a la viuda Gibon y al pobre Gobillard.

—Olvida usted a Robert de Courçon.

—¡Ése me la trae floja!

—Voy a llamar al secretario para que tome su declaración por escrito.

—No me contradirá.

Chabot ya tendía la mano hacia el timbre eléctrico que estaba encima de su mesa cuando se oyó la voz de Maigret, al que casi habían olvidado, que preguntó sin alzar la voz:

—¿Padece usted de insomnio, señor Chalus?

Éste volvió la cabeza con un gesto brusco.

—¿Qué insinúa?

—Nada. Creo haberle oído decir hace un momento que le costaba conciliar el sueño, lo cual explica que, habiéndose acostado a las nueve y media, a las diez aún estuviera despierto.

—Hace años que padezco de insomnio.

—¿Ha consultado con algún médico?

—No me gustan los médicos.

—¿No ha probado ningún remedio?

—Tomo pastillas.

—¿Todos los días?

—¿Acaso es delito?

—¿Las tomó ayer antes de acostarse?

—Tomé dos, como de costumbre.

Maigret estuvo a punto de sonreír al ver que su amigo Chabot volvía a la vida como una planta privada de agua a la que por fin alguien riega. El juez no pudo evitar retomar él mismo la dirección de las operaciones.

—¿Por qué no nos ha dicho que había tomado un somnífero?

—Porque no me lo han preguntado y es asunto mío. ¿También debo informarles cuando mi mujer toma un laxante?

—¿Se tomó dos comprimidos a las nueve y media?

—Sí.

—¿Y a las diez y diez no dormía?

—No. Si tuvieran experiencia con esas sustancias, sabrían que a la larga ya no hacen efecto. Al principio, me bastaba con un comprimido. Ahora con dos necesito más de media hora para amodorrarme.

—¿Es posible pues que, cuando oyó ruido en la calle, ya estuviera amodorrado?

—No dormía. De haber dormido, no habría oído nada.

—Pero podía estar dormitando. ¿En qué pensaba?

—No me acuerdo.

—¿Jura usted que no estaba en un estado de duermevela? Piense bien antes de responder. El perjurio es un delito grave.

—No dormía.

El hombre en el fondo era honrado. Sin duda habría estado encantado de poder cargarse a un miembro del clan Vernoux y lo habría hecho con entusiasmo. Ahora, sintiendo que el triunfo se le escurría entre los dedos, intentaba aferrarse a él pero sin atreverse a mentir.

Le lanzó a Maigret una mirada triste donde había un reproche, pero no rabia. Parecía decir: «¿Por qué me has traicionado tú, que no eres de los suyos?».

El juez no perdía el tiempo.

—Suponiendo que los comprimidos hubieran empezado a producir su efecto, pero sin dormirlo del todo, es posible que oyese los ruidos en la calle y su somnolencia explicara que no oyese los pasos antes del crimen. Fue necesario un forcejeo y la caída de un cuerpo para llamar su atención. ¿No es posible que luego, después de que los pasos se alejasen, volviera a caer en la somnolencia? No se levantó. No despertó a su mujer. No se preocupó, usted lo ha dicho, como si todo eso hubiese sucedido en un mundo inconsistente. Hasta que un grupo de hombres que hablaban en voz alta se detuvo en la acera no se despertó usted completamente.

Chalus levantó los hombros y los dejó caer con lasitud.

—Debí prever que pasaría—dijo, y luego añadió—: Usted y los suyos...

Chabot ya no escuchaba, y le dijo al inspector Chabiron:

—De todas formas, tome acta de su declaración. Esta tarde interrogaré a su mujer.

Cuando estuvieron solos Maigret y él, el juez fingió tomar unas notas. Pasaron cinco minutos largos antes de que murmurase, sin mirar al comisario:

—Gracias.

Y Maigret, gruñón, aspirando la pipa, repuso:

—No hay de qué.

4

LA ITALIANA DE LOS MORATONES

Durante toda la comida, cuyo plato principal era una espalda de cordero rellena como Maigret no recordaba haberla comido nunca, Julien Chabot parecía presa de remordimientos.

En el momento de entrar en su casa, había creído necesario murmurar:

—No hablemos de eso delante de mi madre.

Maigret no tenía intención de hacerlo. Observó que su amigo se inclinaba sobre el buzón donde, apartando unos prospectos, tomó un sobre parecido al que le habían entregado por la mañana en el hotel, con la diferencia de que éste, en vez de ser verdoso, era rosa salmón. ¿Tal vez procedía del mismo paquete? No pudo cerciorarse en ese momento, porque el juez se lo metió descuidadamente en el bolsillo.

No habían hablado por el camino desde que salieron del Palacio de Justicia. Antes de marchar, habían tenido una entrevista breve con el fiscal, y Maigret se había quedado bastante sorprendido al ver que éste era un hombre de apenas treinta años, novato en la profesión, un chico bien parecido que no daba la impresión de tomarse el cargo a la trágica.

—Siento lo de anoche, Chabot. Hay una buena razón por la cual no consiguieron dar conmigo: estaba en La Rochelle y mi mujer no lo sabía. —Y añadió guiñando un ojo—: ¡Por suerte!—Y después, sin sospechar nada—: Ahora que tiene al comisario Maigret para ayudarlo, no tardará en atrapar al asesino. ¿También usted cree que es un loco, comisario?

¿Para qué discutir? Se notaba que las relaciones entre el juez y el fiscal no eran excesivamente amistosas.

En el pasillo les asaltaron los periodistas, que ya estaban al corriente de la declaración de Chalus. Éste seguramente había hablado con ellos. Maigret habría apostado a que en la ciudad también se sabía. Era difícil explicar aquel ambiente. Desde el Palacio de Justicia hasta la casa del juez, sólo se cruzaron con unas cincuenta personas, pero eso bastaba para tomar el pulso a la ciudad. Las miradas que dirigían a los dos hombres eran desconfiadas. Los vecinos del pueblo, sobre todo las mujeres que volvían del mercado, tenían una actitud casi hostil. En la parte alta de la place Viète, había un pequeño café donde bastante gente estaba tomando el aperitivo y, al pasar ellos, se oyó un rumor poco tranquilizador, de risas burlonas.

Algunos debían de estar empezando a ponerse nerviosos, y la presencia de los gendarmes patrullando en bicicleta no bastaba para tranquilizarlos; al contrario, añadía un toque dramático al aspecto de las calles, como un recordatorio de que en alguna parte había un asesino en libertad.

La señora Chabot no había preguntado nada. Se mostraba solícita con su hijo, y también con Maigret, a quien parecía pedirle con la mirada que lo protegiese, y se esforzaba por sacar temas de conversación poco conflictivos.

—¿Se acuerda de aquella chica bizca con la que cenó aquí un domingo?—Tenía una memoria asombrosa, le recordaba a Maigret personas que había conocido más de treinta años atrás durante alguna de sus breves estancias en Fontenay—. Hizo una buena boda, con un joven de Marans que fundó una importante fábrica de quesos. Tuvieron tres hijos, a cual más guapo, y luego de pronto, como si al destino le parecieran demasiado felices, ella contrajo la tuberculosis.

Citó a otros que habían enfermado, habían muerto o habían tenido otras desgracias.

De postre, Rose trajo una bandeja enorme de profiteroles, y la anciana observó a Maigret con ojos socarrones. Él se preguntó primero por qué, sintiendo que esperaban algo de él. No le gustaban mucho los profiteroles y se sirvió uno.

—¡Vamos, sírvase, no le dé vergüenza!

Al ver su decepción, se sirvió tres.

—¿No irá a decirme que ha perdido el apetito? Recuerdo la noche en que se comió doce. Cada vez que venía, le hacía profiteroles y usted decía que no los había comido iguales en ninguna parte.

(Lo cual, entre paréntesis, era cierto: ¡no los comía en ninguna parte!).

Lo había olvidado por completo. Incluso le sorprendía haber mostrado alguna vez afición a los dulces. Seguramente lo dijo, en el pasado, por cortesía.

Se portó como un señor, se deshizo en elogios, comió todo lo que había en el plato y repitió.

—¿Y las perdices con coles? ¿Se acuerda? Siento que no sea la época, porque…

Después de servir el café, la señora se retiró discretamente y Chabot, por costumbre, dejó una caja de puros sobre la mesa, junto a la botella de coñac. El comedor tampoco había cambiado, igual que el despacho, y casi era angustioso encontrar las cosas idénticas, como el propio Chabot que, según se mirase, no había cambiado tanto.

Para agradar a su amigo, Maigret tomó un puro y extendió las piernas hacia la chimenea. Sabía que el otro tenía ganas de abordar un tema concreto, que no había dejado de pensar en él desde que habían salido del Palacio de Justicia. Le tomó un tiempo. La voz del juez, que miraba hacia otro lado, era vacilante.

—¿Crees que habría debido detenerlo?

—¿A quién?

—A Alain.

—No veo razón alguna para detener al doctor.

—Sin embargo, Chalus parecía sincero.

—Y seguro que lo es.

—¿Tú también crees que no ha mentido?

En el fondo, Chabot se preguntaba por qué había intervenido Maigret, pues de no ser por él, sin la pregunta del somnífero, la declaración del maestro habría sido mucho más abrumadora para Vernoux hijo. Eso intrigaba al juez, lo hacía sentir incómodo.

—Primero—declaró Maigret, fumando torpemente el puro—, es posible que realmente se adormeciera. Yo siempre desconfío del testimonio de la gente que ha oído algo desde la cama, tal vez a causa de mi mujer.

»Muchas veces dice que no se ha dormido hasta las dos de la madrugada. Y lo dice de buena fe, está dispuesta a jurarlo. Pero a menudo yo mismo me he despertado durante su pretendido insomnio y la he visto dormida.

Chabot no estaba convencido. A lo mejor pensaba que su amigo sólo había querido sacarlo de un apuro.

—Añadiré—prosiguió el comisario—que, aunque sea el doctor quien lo haya matado, es preferible no haberlo arrestado. No es un hombre al que se le pueda arrancar una confesión con un interrogatorio al uso, y menos bajo tortura. —El juez ya rechazaba esa idea con un gesto indignado—. En el estado actual de la investigación, no hay ni siquiera un indicio contra él. Al detenerlo, le hubieras dado satisfacción a una parte de la población, que habría venido a manifestarse bajo las ventanas de la cárcel gritando: «¡Al paredón!». Una vez creado ese jaleo, habría sido difícil calmarlo.

—¿Lo crees de verdad?

—Sí.

—¿No lo dices para tranquilizarme?

—Lo digo porque es la verdad. Como ocurre siempre en estos casos, la opinión pública señala más o menos abiertamente a un sospechoso, y muchas veces me he preguntado cómo lo elige. Es un fenómeno misterioso que asusta un poco. Desde el primer día, si lo entiendo bien, la gente se ha fijado en el clan Vernoux, sin preguntarse muy bien si se trataba del padre o del hijo.

—Es cierto.

—Ahora, la rabia se dirige contra el hijo.

—¿Y si es el asesino?

—Antes de irnos, te he oído dar órdenes para que lo vigilen.

—Puede escapar a la vigilancia.

—No sería prudente por su parte, porque si se muestra demasiado por la ciudad se arriesga a que lo ataquen. Si es él, tarde o temprano hará algo que constituirá un indicio.

—Quizá tengas razón. En el fondo, estoy contento de que estés aquí. Te confieso que ayer me sentí un poco irritado. Pensaba que me observarías y que me encontrarías torpe, inepto, anticuado, no sé. En la provincia, casi todos padecemos de complejo de inferioridad, sobre todo respecto de los que vienen de París. Y más tratándose de un hombre como tú. ¿Me perdonas?

—¿Por qué?

—Por las tonterías que te he dicho.

—Me has dicho cosas muy sensatas. También nosotros, en París, debemos tener en cuenta las situaciones y tratar con miramientos a la gente importante.

Chabot ya se sentía mejor.

—Pasaré la tarde interrogando a los testigos que me ha

preparado Chabiron. La mayoría no han visto ni oído nada, pero no quiero desperdiciar ninguna oportunidad.

—Sé amable con la mujer de Chalus.

—Confiesa que esa gente te cae bien.

—¡Pues sí!

—¿Me acompañas?

—No. Prefiero tomar el pulso de la ciudad, tomar una cerveza aquí y allá.

—Por cierto, no he abierto esta carta. No quería hacerlo delante de mi madre.

Se sacó del bolsillo el sobre salmón y Maigret reconoció la letra. El papel procedía efectivamente del mismo paquete que la nota que había recibido él por la mañana: «Trate de averiguar lo que hacía el doctor con la Sabati».

—¿La conoces?

—Jamás había oído este nombre.

—Creo recordar que me dijiste que el doctor Vernoux no es mujeriego.

—Ésa es la fama que tiene. Las cartas anónimas empezarán a llover. Ésta es de una mujer.

—¡Como la mayoría de las cartas anónimas! ¿Te importaría telefonear a la comisaría?

—¿Para preguntar por la Sabati?

—Sí.

—¿Ahora mismo?—Maigret asintió—. Pasemos a mi despacho. —Descolgó el receptor y llamó a la comisaría de policía—. ¿Es usted, Féron? El juez de instrucción al habla. ¿Conoce usted a una tal Sabati?

Hubo que esperar. Féron había ido a preguntar a sus agentes, tal vez a consultar los registros. Cuando habló de nuevo, Chabot, mientras escuchaba, garabateó unas palabras en el secante.

—No. Probablemente no hay ninguna conexión. ¿Cómo?

Seguro que no. No se ocupe de ella por ahora—y mientras decía esto buscó con la mirada la aprobación de Maigret y éste le dirigió grandes señales con la cabeza—. Estaré en mi despacho dentro de media hora. Sí. Gracias. —Colgó—. Sí, en Fontenay-le-Comte existe una tal Louise Sabati. Es hija de un albañil italiano que debe de trabajar en Nantes o en los alrededores. Durante un tiempo fue camarera en el Hôtel de France, y luego sirvió en el café de la Poste. Hace varios meses que no trabaja. A menos que se haya mudado recientemente, reside en la curva de la carretera que va a La Rochelle, donde están los cuarteles, en un caserón medio en ruinas donde viven seis o siete familias.

Maigret, que ya estaba harto del puro, aplastaba la colilla incandescente en el cenicero y se disponía a llenar la pipa.

—¿Vas a ir a verla?

—Tal vez.

—¿Sigues pensando que el doctor...?—Se interrumpió, con el ceño fruncido—. Por cierto, ¿qué haremos esta noche? Normalmente, yo debería ir a casa de los Vernoux a jugar al bridge. Según me dijiste, Hubert Vernoux espera que tú me acompañes.

—¿Y bien?

—Me pregunto si, tal como está el ambiente...

—¿Tienes costumbre de ir todos los sábados?

—Sí.

—Por lo tanto, si no vas, concluirán que son sospechosos.

—Y si voy, dirán que...

—Dirán que los proteges, eso es todo. Ya lo dicen. Que lo digan un poco más o un poco menos...

—¿Piensas acompañarme?

—Por supuesto.

—Si quieres...

El pobre Chabot ya no se resistía, se abandonaba a las iniciativas de Maigret.

—Ya es hora de irme al Palacio de Justicia.

Salieron juntos y el cielo seguía del mismo blanco a la vez refulgente y verdoso, como un cielo reflejado en el agua de una charca. El viento aún era violento y en las esquinas de las calles los vestidos de las mujeres se les pegaban al cuerpo, a veces un hombre perdía el sombrero y echaba a correr para atraparlo con ademanes grotescos.

Cada uno se fue en dirección opuesta.

—¿Cuándo te volveré a ver?

—Pasaré por tu despacho. Si no, nos veremos en tu casa a la hora de cenar. ¿A qué hora es el bridge de los Vernoux?

—A las ocho y media.

—Te advierto que no sé jugar.

—No importa.

Se movían algunas cortinas al paso de Maigret, que caminaba por la acera con la pipa entre los dientes, las manos en los bolsillos y la cabeza inclinada para evitar que se le volase el sombrero. Una vez solo, se sentía más intranquilo. Todo lo que le acababa de decir a su amigo Chabot era cierto. Pero, al intervenir por la mañana al final del interrogatorio de Chalus, en realidad había obedecido a un impulso y, detrás del mismo, estaba el deseo de sacar al juez de una situación embarazosa.

El ambiente de la ciudad seguía siendo inquietante. A pesar de que la gente se ocupaba de sus asuntos como de costumbre, se notaba cierta ansiedad en la mirada de los transeúntes, que parecían caminar más deprisa, como si temiesen ver aparecer de pronto al asesino. Maigret habría jurado que los demás días las amas de casa no se agrupaban en los portales como hoy, hablando en voz baja.

Lo seguían con la mirada y él creía leer en sus rostros una

pregunta muda. ¿Iba a hacer algo? ¿O dejaría que el desconocido continuase matando impunemente?

Algunos le dirigían un saludo tímido, como para decirle: «Sabemos quién es usted. Tiene fama de resolver los casos más difíciles. Y seguro que *usted* no se deja impresionar por determinadas personalidades».

Estuvo a punto de entrar en el café de la Poste a tomarse una cerveza. Desgraciadamente había al menos una docena de personas dentro y todas volvieron la cabeza hacia él cuando se acercó a la puerta; no tuvo ganas de verse obligado enseguida a responder a las preguntas que le harían.

De hecho, para ir al barrio de los cuarteles, había que atravesar el Champ-de-Mars, una gran extensión desnuda, enmarcada por unos árboles plantados recientemente que tiritaban bajo el cierzo.

Tomó el mismo callejón que el doctor había tomado la noche anterior, el callejón donde habían asesinado a Gobillard. Al pasar por delante de una casa oyó voces en el segundo piso. Allí debía de vivir Émile Chalus, el maestro. Varias personas discutían acaloradamente, amigos suyos que sin duda habían acudido a informarse.

Cruzó el Champ-de-Mars, rodeó el cuartel, dobló a la derecha y buscó el caserón medio en ruinas que su amigo le había descrito. Sólo había uno de ese tipo, en una calle desierta, entre dos descampados. Era difícil adivinar qué había sido antes: ¿un almacén, un molino, tal vez una fábrica? Había niños jugando fuera. Otros, más pequeños, con el culo al aire, se arrastraban por el pasillo. Una mujer gorda con el cabello largo y suelto asomó la cabeza por el resquicio de una puerta. No había oído hablar nunca del comisario Maigret.

—¿Por quién pregunta?

—Por la señorita Sabati.

—¿Louise?

—Creo que ése es su nombre de pila.

—Dé la vuelta a la casa y entre por la puerta de atrás. Suba la escalera. Sólo hay una puerta. Es ahí.

Hizo lo que le decían, pasó rozando los cubos de la basura y saltó por encima de los desechos, mientras oía sonar los clarines en el patio del cuartel. La puerta exterior de la que acababan de hablarle estaba abierta. Una escalera empinada y sin barandilla lo condujo a un piso que no estaba al mismo nivel que los otros. Llamó a una puerta pintada de azul.

Primero no respondió nadie. Tocó más fuerte, oyó pasos de una mujer en zapatillas, tuvo que tocar una tercera vez hasta que por fin le preguntaron:

—¿Quién es?

—¿La señorita Sabati?

—¿Qué quiere?

—Hablar con usted. —Y añadió por si acaso—: De parte del doctor.

—Un momento.

La mujer se alejó, sin duda para ponerse una ropa decente. Cuando finalmente abrió la puerta, llevaba una bata estampada de algodón de mala calidad, y debajo sólo debía de llevar un camisón. Los pies dentro de las zapatillas estaban descalzos y los cabellos negros sin peinar.

—¿La he despertado?

—No.

Lo examinaba de pies a cabeza con desconfianza. Detrás de ella, más allá de un descansillo minúsculo, se veía una habitación desordenada a la cual no lo invitó a entrar.

—¿Qué le ha encargado él que me dijera?

Cuando ladeó un poco la cabeza, Maigret observó un moratón alrededor del ojo izquierdo. No era muy reciente. El azul ya empezaba a volverse amarillo.

—No tema, soy un amigo. Sólo quisiera hablar con usted un momento.

Lo que debió de decidirla a dejarlo pasar es que dos o tres chiquillos habían venido a observarlos desde el pie de la escalera.

Sólo había dos habitaciones, el dormitorio, que Maigret atisbó apenas y cuya cama estaba sin hacer, y una cocina. Encima de la mesa había una novela abierta al lado de un bol que aún contenía café con leche, y en un plato quedaba un trozo de mantequilla.

Louise Sabati no era guapa. Con un vestido negro y un delantal blanco, debía de tener ese aire cansado que se puede observar en la mayoría de las camareras de los hoteles de provincia. Sin embargo, había algo atractivo, casi patético, en su cara pálida, donde unos ojos oscuros lucían muy vívidos.

Quitó las cosas que había encima de una silla.

—¿De veras le envía Alain?

—No.

—¿No sabe que está usted aquí?

Al decir esto, echó una mirada asustada a la puerta y permaneció de pie, dispuesta a defenderse.

—No tenga miedo.

—¿Es usted de la policía?

—Sí y no.

—¿Qué ha pasado? ¿Dónde está Alain?

—Probablemente en su casa.

—¿Está seguro?

—¿Por qué habría de estar en otro sitio?

Ella se mordió el labio del que brotó sangre. Estaba muy nerviosa, con un nerviosismo enfermizo. Por un momento, Maigret se preguntó si no sería drogadicta.

—¿Quién le ha hablado de mí?

—¿Hace mucho que es usted la amante del doctor?

—¿Se lo han dicho?

Maigret adoptaba su aire más campechano y, por otra parte, no tenía que hacer ningún esfuerzo para mostrarle simpatía a la mujer.

—¿Acaba usted de despertarse?—le preguntó en vez de contestarle.

—¿Y a usted qué le importa?

Había conservado una pizca de acento italiano, no mucho. Debía de tener poco más de veinte años y su cuerpo, debajo de la bata mal cortada, era firme. Sólo el pecho, que debió de haber sido provocativo, parecía un poco caído.

—¿Le importaría sentarse a mi lado?

No podía estarse quieta. Con movimientos febriles, cogió un cigarrillo y lo encendió.

—¿Está seguro de que Alain no va a venir?

—¿Eso le da miedo? ¿Por qué?

—Es celoso.

—No tiene ningún motivo para estar celoso de mí.

—Lo está de todos los hombres. —Y añadió con una voz extraña—: Y tiene razón.

—¿Qué quiere decir?

—Que tiene derecho.

—¿La ama?

—Creo que sí. Ya sé que no lo merezco, pero…

—¿De veras no quiere sentarse?

—¿Quién es usted?

—El comisario Maigret, de la Policía Judicial de París.

—He oído hablar de usted. ¿Qué hace usted aquí?

¿Por qué no hablarle francamente?

—He venido por casualidad, para saludar a un amigo al que no había visto desde hace años.

—¿Es él quien le ha hablado de mí?

—No, también he conocido a su amigo Alain. De hecho, esta noche estoy invitado a su casa.

Ella notaba que Maigret no mentía, aunque seguía estando recelosa. Sin embargo, acercó una silla, pero no se sentó inmediatamente.

—Si por ahora no está en apuros, puede estarlo de un momento a otro.

—¿Por qué?

Por el tono con que lo preguntó, Maigret concluyó que ella ya lo sabía.

—Algunos creen que tal vez es el hombre que están buscando.

—¿Por los crímenes? No es cierto. No ha sido él. No tenía ningún motivo.

Él la interrumpió tendiéndole la carta anónima que el juez le había prestado. Ella la leyó, con la cara tensa y el entrecejo fruncido.

—Me pregunto quién ha escrito esto.

—Una mujer—respondió Maigret.

—Sí. Y sin duda una mujer que vive en esta casa.

—¿Por qué?

—Porque no hay nadie más que esté al corriente, ni siquiera en la casa, habría jurado que nadie sabía quién era. Es una venganza, una canallada. Alain nunca...

—Siéntese.

Se decidió por fin, cuidándose de cruzar los faldones de la bata sobre sus piernas desnudas.

—¿Hace mucho tiempo que es usted su amante?

No titubeó.

—Ocho meses y una semana.

Esta precisión casi lo hizo sonreír.

—¿Cómo empezó?

—Yo trabajaba como camarera en el café de la Poste. Él

venía de vez en cuando, por la tarde, se sentaba siempre en el mismo sitio, junto a la ventana, y desde allí miraba pasar a la gente. Todo el mundo lo conocía y lo saludaba, pero él no entablaba conversación con facilidad. Al cabo de un tiempo, observé que me seguía con la mirada. —De pronto miró a Maigret desafiante—. ¿De veras quiere saber cómo empezó? Pues bien, se lo diré, y verá que no es el hombre que usted cree. Al final, de vez en cuando venía a tomar una copa por la noche. Un día se quedó hasta la hora de cerrar. Yo más bien tenía tendencia a burlarme de él, por sus grandes ojos que me seguían todo el rato. Aquella noche había quedado al salir con el comerciante de vinos al que sin duda conocerá. Doblábamos a la derecha, por el callejón…

—¿Y qué pasó?

—Pues que nos instalamos en un banco en el Champ-de-Mars, ¿comprende? Nunca duraba mucho. Cuando acabamos, me fui sola, y al cruzar la plaza para volver a mi casa oí unos pasos detrás de mí. Era el doctor. Me asusté un poco. Me volví y le pregunté qué quería. Muy avergonzado, no sabía qué contestar. ¿Sabe lo que murmuró al final? «¿Por qué ha hecho usted eso?». Y yo me eché a reír. «¿Le molesta?», le pregunté. «Me ha dado mucha pena». «¿Por qué?». Y así fue como acabó confesándome que me amaba, que jamás se había atrevido a decírmelo, que era muy desdichado. ¿Sonríe usted?

—No.

Era cierto, Maigret no sonreía. Se imaginaba perfectamente a Alain Vernoux en esa situación.

—Caminamos hasta la una o las dos de la mañana por el camino de sirga y, al final, era yo la que lloraba.

—¿La acompañó hasta aquí?

—Aquella noche no. Tardó toda una semana. Durante esos días, se pasaba casi todo el tiempo en el café, vigilándome. Incluso sentía celos al verme agradecer a un cliente la propina. Sigue sintiendo celos. No quiere que salga.

—¿Le pega?

Se llevó instintivamente la mano al moretón de la mejilla y, al levantar la manga de la bata, dejó al descubierto otros moratones en los brazos, como si se los hubieran apretado con fuerza entre unos dedos poderosos.

—Tiene derecho—repuso ella no sin orgullo.

—¿Ocurre a menudo?

—Casi cada vez.

—¿Por qué?

—Si no lo entiende, no se lo puedo explicar. Me ama. Está obligado a vivir allí con su mujer y sus hijos. No sólo no ama a su mujer, sino que no ama a sus hijos.

—¿Se lo ha dicho?

—Lo sé.

—¿Usted lo engaña?

Ella se calló y lo miró con ferocidad.

—¿Se lo han dicho?—Y, con una voz más sorda, añadió—: Alguna vez, al principio, cuando no lo había comprendido. Creía que era como con los otros. Cuando has empezado como yo a los catorce años, no le das importancia. Cuando él lo supo, creí que me iba a matar. Y no lo digo porque sí. Jamás he visto a un hombre que diera tanto miedo. Durante una hora, se quedó acostado en la cama, mirando al techo, con los puños apretados, sin decir palabra, y yo notaba que sufría terriblemente.

—¿Y volvió a engañarlo?

—Dos o tres veces. Fui así de tonta.

—¿Y desde entonces?

—¡No!

—¿Viene a verla todas las noches?

—Casi todas las noches.

—¿Lo esperaba ayer?

Titubeó, preguntándose adónde podían conducirla sus respuestas, queriendo proteger a Alain a toda costa.

—¿Y eso qué importancia tiene?

—En algún momento tendrá usted que salir a comprar.

—No voy hasta la ciudad. Hay una tienda aquí en la esquina.

—¿El resto del tiempo está usted encerrada aquí?

—No estoy encerrada. La prueba es que le he abierto la puerta.

—¿Él nunca ha hablado de encerrarla?

—¿Cómo lo ha adivinado?

—¿Lo ha hecho?

—Durante una semana.

—¿Las vecinas se han dado cuenta?

—Sí.

—¿Por eso le devolvió la llave?

—No lo sé. No sé adónde quiere usted ir a parar.

—¿Usted lo ama?

—¿Cree que llevaría esta vida si no lo amase?

—¿Le da dinero?

—Cuando puede.

—Creía que era rico.

—Todo el mundo lo cree, pero su situación es exactamente como la de un joven que cada semana tiene que pedirle algo de dinero a su padre. Viven todos en la misma casa.

—¿Por qué?

—¡Y yo qué sé!

—Podría trabajar.

—Eso es asunto suyo, ¿no? Hay semanas en que su padre no le da nada.

Maigret miró la mesa donde sólo había pan y mantequilla.

—¿Es lo que está pasando ahora?

Ella se encogió de hombros.

—¿Y eso qué importa? Antes, yo también me imaginaba cosas sobre los que suponemos que son ricos. ¡Pura fachada! Una casa grande sin nada dentro. Se pasan la vida peleándose para sacarle algo de dinero al viejo, y los proveedores a veces tardan meses en cobrar.

—Creía que la mujer de Alain era rica.

—De haber sido rica no se habría casado con él. Ella creía que Alain lo era. Cuando se dio cuenta de que no, empezó a odiarlo.

Se produjo un silencio bastante largo. Maigret llenaba la pipa despacio, pensativo.

—¿Qué está pensando?—preguntó ella.

—Pienso que lo ama usted de verdad.

—¡Menos mal!—dijo con amarga ironía—. Lo que me pregunto—prosiguió—es por qué de repente la gente la ha tomado con él. He leído el periódico. No dicen nada concreto, pero noto que lo consideran sospechoso. Hace un rato, por la ventana, he oído a unas mujeres hablando en voz muy alta en el patio, adrede, para que yo no me perdiera palabra de lo que decían.

—¿Y qué decían?

—Que, puesto que buscaban a un loco, no hacía falta ir muy lejos para encontrarlo.

—¿Supongo que habrán oído las escenas que tenían lugar entre ustedes?

—¿Y qué?—De pronto casi se enfureció y se levantó de la silla—. ¿También usted cree que está loco porque se ha enamorado de una chica como yo y porque está celoso?—Maigret se levantó a su vez, y para calmarla intentó ponerle una mano en el hombro, pero ella lo rechazó furiosa—. Dígalo, si es lo que piensa.

—*No* es lo que pienso.

—¿Cree que está loco?

—Sin duda no porque la ame a usted.

—¿Pero de todas formas lo está?

—Hasta que se demuestre lo contrario, no tengo ningún motivo para llegar a esa conclusión.

—¿Qué significa eso exactamente?

—Significa que usted es una buena chica y que...

—No soy una buena chica. Soy una cualquiera, escoria, y no merezco...

—Usted es una buena chica y yo le prometo que haré todo lo que pueda para que descubran al verdadero culpable.

—¿Está usted convencido de que no es él?

Maigret resopló, incómodo, y para disimular se puso a encender la pipa.

—¡No se atreve a decirlo!

—Es usted una buena chica, Louise. Le prometo que volveré.

Pero ella ya no confiaba en Maigret y, al cerrar la puerta tras él, masculló:

—¿Y quién se fía de sus promesas?

Desde la escalera, al pie de la cual lo acechaban unos niños, creyó oírla murmurar:

—¡De todas formas, no es usted más que un policía asqueroso!

5

LA PARTIDA DE BRIDGE

Cuando a las ocho y cuarto salieron de la casa de la rue Clemenceau, casi estuvieron a punto de retroceder, por lo asombroso de la calma y el silencio que de repente los envolvió.

Hacia las cinco de la tarde el cielo se había vuelto de un negro de Crucifixión y había habido que encender todas las farolas de la ciudad. Habían estallado dos truenos, breves, desgarradores, y por fin las nubes se habían vaciado, no en forma de lluvia sino de granizo; los transeúntes habían desaparecido, como barridos por la tormenta, mientras las bolitas blancas rebotaban sobre el adoquinado como pelotas de pimpón.

Maigret, que en ese momento se encontraba en el café de la Poste, se había levantado como los demás, y todo el mundo se había quedado de pie junto a los ventanales, mirando la calle como quien contempla unos fuegos artificiales.

Ahora todo había terminado, y los dos amigos estaban desconcertados al no oír ni la lluvia ni el viento: caminaban envueltos en un aire inmóvil y al levantar la cabeza veían estrellas entre los tejados.

Tal vez a causa del silencio turbado sólo por el ruido de sus pasos, caminaron sin hablar, subiendo por la calle hacia la place Viète. Justo en la esquina con la plaza, se tropezaron con un hombre que permanecía en la oscuridad, sin moverse, con un brazal blanco encima del abrigo y una porra en la mano. Los siguió con la mirada sin decir palabra.

Unos pasos más allá, Maigret abrió la boca para formular una pregunta, pero su amigo, que la adivinó, se apresuró a explicarle:

—Poco antes de salir del despacho, me ha telefoneado

el comisario. La cosa venía preparándose desde ayer. Esta mañana, unos cuantos muchachos han repartido las convocatorias por los buzones. A las seis se ha celebrado una reunión y han constituido un comité de vigilancia. —Evidentemente *han* no se refería a los muchachos, sino a los elementos hostiles de la ciudad. Chabot añadió—: No podemos impedírselo.

Justo delante de la casa de los Vernoux, en la rue Rabelais, otros tres hombres con brazal permanecían de pie en la acera observando como ellos se acercaban. No patrullaban, estaban allí, montando guardia, como si los esperasen y tal vez se dispusieran a impedirles entrar. Maigret creyó reconocer, en el más bajo de los tres, la silueta delgada del maestro Chalus.

Era bastante impresionante. Chabot dudó en avanzar hacia la puerta y probablemente estuvo tentado de pasar de largo. Todavía no podía hablarse de un motín, ni siquiera de disturbios, pero era la primera vez que se enfrentaban con una señal tan tangible de descontento popular.

Muy tranquilo aparentemente, muy digno, no sin cierta solemnidad, el juez instructor acabó subiendo los peldaños y levantando la aldaba de la puerta.

Detrás de él, no se oyó ni un murmullo, ni una broma. Sin moverse, los tres hombres seguían observándolo.

El aldabonazo resonó en el interior como en una iglesia. Inmediatamente, como si hubiera estado esperándolos, un mayordomo movió las cadenas y los cerrojos y los recibió con una reverencia silenciosa.

La llegada no debía de ser así de costumbre, ya que Julien Chabot se detuvo un momento en el umbral del salón, tal vez arrepintiéndose de estar allí.

En una estancia de las dimensiones de un salón de baile,

la gran araña de cristal estaba encendida, otras luces brillaban en las mesas, y formando grupos en las esquinas y alrededor de la chimenea, había suficientes sillones como para acoger a cuarenta personas.

No obstante, allí sólo había un hombre, en el extremo más alejado del salón: Hubert Vernoux, de cabellos blancos y sedosos, que surgiendo de una inmensa butaca Luis XIII salió a su encuentro con la mano tendida.

—Ayer en el tren le anuncié que vendría a verme, señor Maigret. Y hoy he telefoneado a nuestro amigo Chabot para asegurarme de que le traería.

Iba vestido de negro y su traje parecía una especie de smoking; sobre el pecho llevaba un monóculo colgado de una cinta.

—Mi familia llegará dentro de un instante. No entiendo por qué no han bajado todavía.

En el compartimento mal iluminado del tren, Maigret no lo había visto bien. Aquí, el hombre le parecía más viejo. Cuando cruzó el salón, sus andares tenían esa rigidez mecánica de los artríticos, cuyos movimientos parecen gobernados por resortes. Tenía la cara abotargada, de un rosa casi artificial.

¿Por qué pensó el comisario en un actor que se ha hecho viejo y se esfuerza por seguir interpretando su papel sumido en el terror de que el público se dé cuenta de que ya casi está muerto?

—Voy a ordenar que les anuncien que ya han llegado ustedes. —Llamó a un timbre, y ordenó dirigiéndose al mayordomo—: Vea si la señora está lista. Avise también a la señorita Lucile, al doctor y a su esposa.

Algo iba mal. Estaba enfadado con su familia por no estar allí. Para aliviar la tensión, Chabot dijo, mirando las tres mesas de bridge que ya estaban dispuestas:

—¿Henri de Vergennes va a venir?

—Me ha telefoneado excusándose. La tempestad ha arrasado la alameda del castillo y le es imposible sacar el coche.

—¿Y Aumale?

—El notario tiene la gripe desde esta mañana. Al mediodía se encamó.

En suma, no iba a ir nadie. Y la propia familia no parecía decidirse a bajar. El mayordomo no reaparecía. Hubert Vernoux señaló los licores encima de la mesa.

—Sírvanse, por favor. Les ruego que me disculpen un momento.

Iba a buscarlos él mismo, subía la escalera con los peldaños de piedra y la barandilla de hierro forjado.

—¿Cuántas personas asisten normalmente a estos bridges?—preguntó Maigret en voz baja.

—No muchas. Cinco o seis, además de la familia.

—¿Que generalmente ya está en el salón cuando tú llegas?

Chabot asintió, a regañadientes. Alguien entraba sin hacer ruido, el doctor Alain Vernoux, que no se había cambiado y llevaba el mismo traje mal planchado de la mañana.

—¿Están solos?

—Su padre acaba de subir.

—Me lo he encontrado en la escalera. ¿Y las señoras?

—Creo que ha ido a llamarlas.

—Parece que no va a venir nadie más. —Alain señaló con la cabeza las ventanas cubiertas con pesadas cortinas—. ¿No lo han visto?—Y al ver que los otros dos habían comprendido a qué se refería, añadió—: Vigilan la casa. También deben de estar montando guardia delante de la puerta del callejón. Esto es bueno.

—¿Por qué?

—Porque si se comete otro crimen, no lo podrán atribuir a alguien de esta casa.

—¿Prevé usted un nuevo crimen?

—Si se trata de un loco, no hay ninguna razón para que la serie no continúe.

La señora Vernoux, la madre del doctor, hizo por fin su entrada, seguida por su marido, que estaba colorado, como si hubiese tenido que discutir para convencerla de que bajase. Era una mujer de sesenta años, de cabellos todavía castaños y con grandes ojeras.

—El comisario Maigret, de la Policía Judicial de París.

Inclinó apenas la cabeza y fue a sentarse en una butaca que debía de ser la suya. Al pasar, se había contentado, dirigiéndose al juez, con un furtivo:

—Buenas noches, Julien.

Hubert Vernoux anunció:

—Mi cuñada bajará enseguida. Hace un rato hemos tenido una avería eléctrica que ha retrasado la cena. ¿Supongo que han cortado la corriente en toda la ciudad?

Hablaba por hablar. Ni siquiera era necesario que las palabras tuvieran sentido, tan sólo había que llenar el salón.

—¿Un cigarro, comisario?

Por segunda vez, desde que estaba en Fontenay, Maigret aceptó un puro, porque no se atrevía a sacar la pipa del bolsillo.

—¿Tu mujer no baja?

—Seguramente se está retrasando por los niños.

Ya era evidente que Isabelle Vernoux, la madre, había consentido en hacer acto de presencia, después de Dios sabe qué negociaciones, pero estaba decidida a no participar activamente en la reunión. Había cogido una labor de tapicería y no escuchaba lo que decían.

—¿Juega usted al bridge, comisario?

—Siento mucho decepcionarlo, pero no juego nunca. Sin embargo, me encanta seguir una partida.

Hubert Vernoux miró al juez.

—¿Cómo hacemos? Lucile seguro que querrá jugar. Usted y yo. Supongo que Alain.

—No. No cuenten conmigo.

—Queda tu mujer. ¿Quieres ir a ver si ya está lista?

La situación se hacía penosa. Nadie, salvo la dueña de la casa, se decidía a sentarse. El puro de Maigret le servía para mantener las apariencias. Hubert Vernoux también había encendido uno y estaba llenando las copas de coñac.

¿Los tres hombres que montaban guardia fuera podían imaginarse acaso lo que estaba pasando dentro?

Lucile bajó por fin; era la réplica, en más flaca y angulosa, de su hermana. También ella se limitó a dedicarle una breve ojeada al comisario y fue directa a una de las mesas de juego.

—¿Empezamos?—preguntó. Y después, señalando vagamente a Maigret—: ¿Juega?

—No.

—¿Quién juega, entonces? ¿Por qué me han hecho bajar?

—Alain ha ido a buscar a su mujer.

—No vendrá.

—¿Por qué?

—Porque tiene una de sus neuralgias. Los niños han estado insoportables toda la tarde. La niñera se ha despedido y se ha marchado. Y Jeanne tiene que ocuparse del bebé.

Hubert Vernoux se secó la frente.

—Alain la convencerá. —Y, volviéndose a Maigret—. No sé si tiene usted hijos. Estas cosas pasan siempre en las familias numerosas. Cada uno tira por su lado. Cada uno tiene sus ocupaciones y sus preferencias.

Tenía razón: Alain bajó con su esposa, una mujer corriente, más bien rechoncha, con los ojos enrojecidos de haber llorado.

—Discúlpeme—dijo dirigiéndose a su suegro—. He tenido problemas con los niños.

—Por lo visto la niñera...

—Ya lo hablaremos mañana.

—El comisario Maigret.

—Encantada.

Ésta sí le tendió la mano, pero era una mano fofa, sin calor.

—¿Jugamos?

—Juguemos.

—¿Quiénes?

—¿Está usted seguro, comisario, de que no quiere jugar?

—Segurísimo.

Julien Chabot, ya sentado, como asiduo de la casa, mezclaba las cartas y las extendía sobre el tapete verde.

—Le toca a usted, Lucile.

Ella destapó un rey, y su cuñado una sota. El juez y la mujer de Alain sacaron un tres y un siete.

—Vamos juntos.

Habían tardado casi media hora, pero al fin estaban sentados. En su rincón, Isabelle Vernoux no miraba a nadie. Maigret, algo retirado del resto, sentado detrás de Hubert Vernoux, veía su juego y al mismo tiempo el de su nuera.

—Paso.

—Un trébol.

—Paso.

—Un corazón.

El doctor se había quedado de pie, como si no supiera dónde ponerse. Allí todo el mundo estaba cumpliendo una misión. Hubert Vernoux los había reunido casi por la fuerza para mantener en la casa, tal vez de cara al comisario, la apariencia de una vida normal.

—¿A qué esperas, Hubert?

Su cuñada, que era su pareja, lo llamaba al orden.

—¡Perdón! Dos tréboles.

—¿Está seguro de que no debería decir tres? Yo he declarado un corazón sobre su trébol, lo cual significa que tengo al menos dos honores y medio.

A partir de ese momento, Maigret empezó a apasionarse por la partida. No por el juego en sí, sino por lo que le revelaba del carácter de los jugadores.

Su amigo Chabot, por ejemplo, era de una regularidad de metrónomo, cantaba exactamente lo que debía, sin audacia ni timidez. Jugaba su mano con calma, no dirigía ninguna observación a su compañera. Cuando la joven no le daba correctamente la réplica, apenas pasaba por su cara una sombra de contrariedad.

—Le pido perdón. Habría debido responder tres picas.

—No tiene importancia. Usted no podía saber lo que yo tengo en la mano.

Ya en la tercera ronda, cantó y obtuvo un pequeño *slam*. Se excusó:

—Demasiado fácil. Lo tenía en mi juego.

La joven, por su parte, se distraía, trataba de corregirse y, cuando le tocaba ser mano, miraba a su alrededor como pidiendo ayuda. A veces se volvía hacia Maigret, con los dedos sobre una carta, para pedirle consejo.

No le gustaba el bridge, sólo estaba allí porque había que estar, porque tenían que ser cuatro.

Lucile, por el contrario, dominaba la mesa con su personalidad. Era ella la que, después de cada juego, comentaba la partida y distribuía observaciones agridulces.

—Como Jeanne ha declarado dos corazones, debía usted saber de qué lado hacer el *impasse*. Era seguro que tenía la dama de corazones.

Y, por otra parte, llevaba razón. Siempre llevaba razón. Sus ojitos negros parecían ver a través de las cartas.

—¿Qué le pasa hoy, Hubert?

—Es que...

—Juega como un principiante. Apenas si oye lo que cantan. Habríamos podido ganar la mano por tres bazas sin triunfos y usted pide cuatro tréboles que no cumple.

—Esperaba que usted lo dijera...

—Yo no tenía por qué hablarle de mis diamantes. Era usted quien...

Hubert Vernoux trató de recuperarse. Fue como esos jugadores que, en la ruleta, una vez que pierden se aferran a la esperanza de que la suerte cambie de un momento a otro y prueban todos los números, viendo con rabia que sale el que acaban de abandonar.

Casi siempre cantaba por encima del juego que tenía, contando con las cartas de su compañera y, cuando no las encontraba, mordía nerviosamente la punta del cigarro.

—Le aseguro, Lucile, que tenía perfecto derecho a declarar dos picas de entrada.

—Salvo que no tenía ni el as de picas ni el de diamantes.

—Pero tenía...

Enumeraba sus cartas, se ponía colorado, mientras ella lo miraba con una frialdad despiadada.

Para salvarse, declaraba cada vez más peligrosamente, hasta el punto de que aquello ya no era bridge, sino póquer.

Alain había ido un momento a acompañar a su madre. Volvió y se plantó detrás de los jugadores, mirando las cartas sin interés, con sus grandes ojos enturbiados por las gafas.

—¿Usted entiende algo, comisario?

—Conozco las reglas. Soy capaz de seguir la partida, pero no soy capaz de jugar.

—¿Le interesa?

—Mucho.

Examinó al comisario más atentamente, pareció comprender que el interés de Maigret residía en el comportamiento de los jugadores mucho más que en las cartas y miró a su tía y a su padre con aire aburrido.

Chabot y la mujer de Alain ganaron el primer *rubber*.

—¿Cambiamos?—propuso Lucile.

—A menos que nos tomemos la revancha tal como estamos.

—Yo prefiero cambiar de pareja.

Se equivocó. Se encontró jugando con Chabot, que no cometía errores y por lo tanto le era imposible reprocharle nada. Jeanne jugaba mal. Pero, tal vez porque declaraba sistemáticamente demasiado bajo, Hubert Vernoux ganó las dos mangas seguidas.

—Es suerte, nada más.

No era del todo cierto. Había tenido buen juego, sí. Pero si hubiera cantado con tanta audacia no habría ganado, pues nada podía permitirle esperar las cartas que le aportaba su compañera.

—¿Continuamos?

—Acabamos la ronda.

Esta vez, Vernoux jugaba con el juez y las dos mujeres formaban pareja. Y ganaron los hombres, de manera que Hubert Vernoux había ganado dos partidas de tres.

Pareció que eso lo aliviaba, como si esa partida hubiese tenido para él una importancia considerable. Se secó la frente, se sirvió de beber y le llevó una copa a Maigret.

—Ya ve que, por mucho que diga mi cuñada, no soy tan imprudente. Lo que ella no comprende es que, si llegas a captar el mecanismo de pensamiento del adversario, ya has ganado la mitad del juego, sin importar las cartas que tengas. Lo mismo ocurre para vender una granja o un terreno. Tienes que saber lo que el comprador está pensando.

—Por favor, Hubert.

—¿Qué?

—¿Te importaría no hablar de negocios ahora?

—Perdóname. Olvidaba que las mujeres quieren que ganes dinero pero prefieren ignorar cómo se gana.

También eso era una imprudencia. Su mujer, desde su lejano sillón, lo llamó al orden.

—¿Es que has bebido?

Maigret lo había visto beber tres o cuatro coñacs. Le había llamado la atención la forma como Vernoux se llenaba la copa, furtivamente, deprisa y corriendo, con la esperanza de que su mujer y su cuñada no lo vieran. Se la bebía de un trago y luego, para disimular, llenaba la copa del comisario.

—Sólo he tomado dos copas.

—Pues se te han subido a la cabeza.

—Creo—empezó Chabot levantándose y sacando el reloj del bolsillo—que ya es hora de irnos.

—Apenas son las diez y media.

—Olvida usted que tengo mucho trabajo. Seguro que mi amigo Maigret también empieza a sentirse cansado.

Alain parecía decepcionado. Maigret habría jurado que, durante toda la velada, el doctor había estado dando vueltas a su alrededor, con la esperanza de llevarlo a un rincón.

Los otros no los retuvieron. Hubert Vernoux no se atrevió a insistir. ¿Qué pasaría cuando los jugadores se hubieran ido y él se quedara sólo frente a las tres mujeres? Porque Alain no contaba. Era evidente. Nadie se había ocupado de él. Sin duda subiría a su habitación o a su laboratorio. Su mujer formaba más parte de la familia que él.

Era una familia de mujeres, en definitiva. Maigret lo descubrió de repente. Le habían permitido a Hubert Vernoux jugar al bridge, a condición de que se portara bien, y no habían dejado de vigilarlo como a un niño.

¿Era por eso por lo que, fuera de casa, se aferraba tan desesperadamente al personaje que se había creado, atento a los menores detalles de su atuendo?

¿Quién sabe? Tal vez hacía un rato, cuando había ido a buscarlas arriba, les había suplicado que fuesen amables con él, que le dejasen representar su papel de amo de casa sin humillarlo con sus comentarios.

Miraba de reojo hacia la botella de coñac.

—¿Una última copa, comisario, lo que los ingleses llaman una *night cup*?

Maigret, a quien no le apetecía, dijo que sí para darle ocasión a Vernoux de tomarse otra, y mientras éste se llevaba la copa a los labios, sorprendió la mirada fija de su mujer, vio como la mano titubeaba y luego, a regañadientes, dejaba la copa en la mesa.

Cuando el juez y el comisario ya estaban casi en la puerta, donde el mayordomo los esperaba con sus abrigos y sus sombreros, Alain murmuró:

—Me pregunto si no les voy a acompañar un trecho.

Aparentemente no le preocupaban las reacciones de las mujeres, que parecían sorprendidas. La suya no protestó. Debía de serle indiferente que saliera o no, dado el poco espacio que ocupaba en su vida. Se había acercado a su suegra y admiraba su labor asintiendo con la cabeza.

—¿No le molesta, comisario?—preguntó Alain.

—En absoluto.

El aire de la noche era fresco, de un frescor distinto al de las noches anteriores, y daban ganas de llenarse los pulmones, de saludar a las estrellas que uno encontraba en su sitio después de tanto tiempo.

Los tres hombres del brazal seguían en la acera y, esta

vez, se echaron un poco atrás para dejarles pasar. Alain no se había puesto abrigo. Al pasar por el perchero, se había encasquetado un sombrero de fieltro que las lluvias habían deformado.

Visto así, con el cuerpo inclinado hacia delante y las manos en los bolsillos, parecía más un estudiante de último curso que un hombre casado y padre de familia.

En la rue Rabelais, no pudieron hablar, pues las voces se oían de lejos y ellos eran conscientes de la presencia de los tres vigilantes que habían dejado atrás. Alain se sobresaltó al rozar al que estaba de guardia en la esquina de la place Viète y a quien no había visto.

—Supongo que los han puesto por toda la ciudad—murmuró.

—Sin duda. Y se irán relevando.

Había pocas ventanas iluminadas. La gente se acostaba pronto. De lejos, en la larga perspectiva de la rue de la République, se veían las luces del café de la Poste todavía abierto, y dos o tres transeúntes aislados desaparecieron uno tras otro.

Cuando llegaron a la casa del juez, aún no habían tenido tiempo de intercambiar diez frases. Chabot murmuró a regañadientes:

—¿Quieren pasar?

Maigret dijo que no:

—No vale la pena despertar a tu madre.

—No duerme. Nunca se acuesta hasta que yo llego.

—Nos veremos mañana por la mañana.

—¿Aquí?

—Pasaré por el Palacio de Justicia.

—Tengo que hacer unas cuantas llamadas antes de acostarme. Tal vez haya novedades.

—Buenas noches, Chabot.

—Buenas noches, Maigret. Buenas noches, Alain.

Se estrecharon la mano. La llave giró en la cerradura; al cabo de un momento la puerta volvió a cerrarse.

—¿Le acompaño hasta el hotel?

Ya no había nadie más que ellos en la calle. Como en un relámpago, Maigret tuvo la visión del doctor sacando una mano del bolsillo y golpeándole el cráneo con un objeto duro, un trozo de tubo de plomo o una llave inglesa.

Respondió:

—Con mucho gusto.

Caminaron. Alain no se decidía a hablar. Cuando lo hizo, fue para preguntar:

—¿Usted qué piensa?

—¿De qué?

—De mi padre.

¿Qué habría podido contestar Maigret? Lo interesante es que le hiciera la pregunta, que el joven doctor saliera de su casa exclusivamente para hacerla.

—No creo que haya tenido una vida muy feliz—murmuró sin embargo el comisario, sin poner mucha convicción.

—¿Hay gente que tiene una vida feliz?

—Durante cierto tiempo al menos. ¿Usted es desdichado, señor Vernoux?

—Yo no cuento.

—Sin embargo, también trata de atrapar su parte de alegría.

Unos ojos grandes lo miraron fijamente.

—¿Qué quiere decir?

—Nada. O, si lo prefiere, que no existen personas totalmente desdichadas. Cada una se aferra a algo, se crea una especie de felicidad.

—¿Se da cuenta de lo que eso significa?—Y, como Maigret no contestaba, prosiguió—: ¿Sabe usted que es por culpa de esa búsqueda de lo que yo llamaría las compensaciones, esa búsqueda de una felicidad a pesar de todo, por lo que nacen las manías y, muchas veces, los desequilibrios? Los hombres que en este momento beben y juegan a las cartas en el café de la Poste tratan de persuadirse de que eso les da placer.

—¿Y usted?

—No entiendo la pregunta.

—¿No busca compensaciones?

Esta vez, Alain se sintió inquieto, sospechó que Maigret sabía algo más y no se decidía a preguntar.

—¿Se atreverá a ir esta noche al barrio de los cuarteles?—preguntó el comisario, más que nada por compasión, para liberarlo de sus dudas.

—¿Lo sabe?

—Sí.

—¿Ha hablado con ella?

—Mucho rato.

—¿Qué le ha dicho?

—Todo.

—¿Hago mal?

—Yo no le juzgo. Es usted quien ha hablado de la búsqueda instintiva de las compensaciones. ¿Cuáles son las compensaciones de su padre?—Habían bajado la voz, porque ya estaban delante de la puerta abierta del hotel. En el vestíbulo solamente había una lámpara encendida—. ¿Por qué no contesta?

—Porque ignoro la respuesta.

—¿No tiene aventuras?

—En Fontenay seguro que no, es demasiado conocido y se sabría.

—¿Y de usted también se sabe?

—No, mi caso no es el mismo. Cuando mi padre va a París

o a Burdeos, supongo que se permite alguna cana al aire. —Y murmuró para sí mismo—: ¡Pobre papá!

Maigret lo miró sorprendido.

—¿Ama usted a su padre?

Púdicamente, Alain respondió:

—En todo caso, lo compadezco.

—¿Siempre ha sido así?

—Ha sido peor. Mi madre y mi tía se han calmado un poco.

—¿Qué le reprochan?

—Que sea un plebeyo, el hijo de un tratante de ganado que se emborrachaba en las fondas de los pueblos. Los Courçon no le han perdonado haber tenido que echar mano de él, ¿comprende? Y, en la época del viejo Courçon, la situación era más cruel, porque Courçon todavía era más hiriente que sus hijas y que su hijo Robert. Hasta la muerte de mi padre, todos los Courçon de la tierra lo odiarán por tener que vivir de su dinero.

—¿Y a usted cómo lo tratan?

—Como a un Vernoux. Y mi mujer, cuyo padre era vizconde de Cadeuil, hace piña con mi madre y mi tía.

—¿Tenía intención de decirme todo eso esta noche?

—No lo sé.

—¿Quería hablarme de su padre?

—Quería saber qué pensaba usted de él.

—¿No estaba ansioso sobre todo por saber si había descubierto la existencia de Louise Sabati?

—¿Cómo lo supo?

—Por una carta anónima.

—¿El juez está al corriente? ¿La policía?

—No se ocupan de eso.

—¿Pero lo harán?

—No, si se descubre pronto al asesino. Tengo la carta

en el bolsillo. No le he hablado a Chabot de mi entrevista con Louise.

—¿Por qué?

—Porque no creo que, en la fase en que está la investigación, pueda tener interés.

—Ella no tiene nada que ver.

—Dígame, señor Vernoux…

—Sí.

—¿Qué edad tiene usted?

—Treinta y seis años.

—¿A qué edad terminó la carrera?

—Abandoné la Facultad de Medicina a los veinticinco años y luego estuve dos años de residente en Sainte-Anne.

—¿Nunca ha tenido la tentación de ganarse la vida?

De repente pareció desanimado.

—¿No contesta?

—No tengo nada que contestar. Usted no lo entendería.

—¿Le falta valor?

—Sabía que lo llamaría así.

—¿Pero no habrá vuelto a Fontenay-le-Comte para proteger a su padre?

—Mire usted, es a la vez más sencillo y más complicado. Volví un día para pasar unas semanas de vacaciones.

—¿Y se quedó?

—Sí.

—¿Por apatía?

—Si quiere llamarlo así, aunque no es exacto.

—¿Tenía la impresión de que no podía hacer otra cosa?

Alain cambió de tema.

—¿Cómo está Louise?

—Como siempre, supongo.

—¿No está preocupada?

—¿Hace mucho que no la ha visto?

—Dos días. Iba a ir a verla anoche. Luego no me atreví. Hoy tampoco. Esta noche es peor, con los hombres que patrullan por las calles. ¿Comprende usted por qué, desde el primer asesinato, el rumor público la ha tomado con nosotros?

—Es un fenómeno que he constatado muchas veces.

—¿Por qué nos han elegido?

—¿De quién cree usted que sospechan? ¿De su padre o de usted?

—Les da lo mismo, con tal de que sea alguien de la familia. También servirían mi madre o mi tía.

Tuvieron que callarse porque oyeron pasos. Eran dos hombres con brazal y porra que los miraron al pasar. Uno de ellos los enfocó con una linterna y, al alejarse, le dijo en voz alta a su compañero:

—Es Maigret.

—El otro es Vernoux hijo.

—Lo he reconocido.

El comisario le aconsejó a su compañero:

—Más vale que vuelva usted a casa.

—Sí.

—Y no discuta con ellos.

—Gracias.

—¿De qué?

—De nada.

No le tendió la mano. Con el sombrero ladeado, se alejó, inclinado hacia delante, en dirección al puente, y la patrulla que se había detenido lo miró pasar en silencio.

Maigret se encogió de hombros, entró en el hotel y esperó a que le dieran la llave. Había otras dos cartas para él, sin duda anónimas, pero el papel ya no era el mismo, ni la letra.

6

LA MISA DE LAS DIEZ Y MEDIA

Cuando reparó en que era domingo, se lo tomó sin prisa. Ya antes de eso, había estado jugando a un juego secreto de cuando era muy niño. Algunas veces todavía jugaba a ese juego acostado junto a su mujer, procurando que no se notase. Y ella no se enteraba y al traerle el café le decía:

—¿En qué soñabas?

—¿Por qué?

—Sonreías como embobado.

Aquella mañana en Fontenay, antes de abrir los ojos, sintió que un rayo de sol le atravesaba los párpados. Y no sólo lo sentía; tenía la impresión de verlo a través de la piel fina, que le picaba, y sin duda por la sangre que circulaba en esa piel sabía que era un sol más rojo que el del cielo, un sol triunfal, como en los dibujos.

Podía crear todo un mundo con ese sol, gavillas de chispas, volcanes, cascadas de oro fundido. Bastaba con mover ligeramente los párpados, a la manera de un caleidoscopio, usando como rejilla las pestañas.

Oyó las palomas zureando en una cornisa que había encima de la ventana, luego sonaron las campanas en dos sitios a la vez, y adivinaba los campanarios apuntando al cielo, que debía de ser de un azul uniforme.

Continuaba el juego escuchando los ruidos de la calle y entonces, por el eco de los pasos y por una determinada calidad del silencio, reconoció que era domingo.

Dudó un rato antes de extender la mano para coger el reloj de la mesilla de noche. Marcaba las nueve y media. En París, en el boulevard Richard-Lenoir, si también había llegado por fin la primavera, seguro que la señora Maigret habría abierto las ventanas y estaría arreglando la habitación, en bata y zapatillas, mientras en la cocina se iba cociendo a fuego lento un estofado.

Se prometió llamarla. Como no había teléfono en las habitaciones, debía esperar a bajar para hacerlo desde la cabina.

Oprimió el timbre. La camarera le pareció más limpia y más alegre que la víspera.

—¿Qué va a comer?

—Nada, querría mucho café.

Tenía la misma forma curiosa de mirarlo.

—¿Le preparo un baño?

—Primero me tomaré el café.

Encendió una pipa y se asomó a la ventana. El aire todavía era fresco, tuvo que ponerse el batín, pero ya se notaban algunas ráfagas tibias. Las fachadas y el adoquinado se habían secado. La calle estaba desierta, sólo pasaba alguna que otra familia vestida de domingo y una mujer de campo portando un ramo de lilas violetas.

El hotel debía de funcionar a cámara lenta porque tuvo que esperar un buen rato antes de que llegase el café. Había dejado las dos cartas recibidas la noche anterior en la mesilla de noche. Una de las dos iba firmada. La letra era tan clara como en un grabado, escrita con una tinta negra como la tinta china.

¿Le han dicho que la viuda Gibon fue la comadrona que ayudó a la señora Vernoux a traer al mundo a su hijo Alain?

Quizá sea útil saberlo.

Saludos,

ANSELME REMOUCHAMPS

La segunda carta, anónima, estaba escrita en un papel de excelente calidad del que habían cortado la parte superior, sin duda para suprimir membrete. Estaba escrita a lápiz: «¿Por qué no preguntan a los criados? Saben más que nadie».

Al leer esas dos líneas la noche anterior, antes de acostarse, Maigret había tenido la intuición de que las había escrito el mayordomo que lo recibió sin decir palabra en la rue Rabelais y que al marcharse le dio el abrigo. El hombre, de pelo moreno y complexión robusta, tenía entre cuarenta y cincuenta años. Daba la impresión de ser el hijo de un aparcero que no ha querido cultivar la tierra y que siente tanto odio por la gente rica como desprecio por los campesinos de los que procede.

Sin duda sería fácil obtener una muestra de su letra. Era muy posible que el papel perteneciera a los Vernoux.

Todo eso había que comprobarlo. En París, la tarea habría sido sencilla. Aquí, al fin y al cabo, no era asunto suyo.

Cuando por fin entró la camarera con el café, le preguntó:

—¿Es usted de Fontenay?

—Nacida en la rue des Loges.

—¿Conoce a un tal Remouchamps?

—¿El zapatero?

—Su nombre es Anselme.

—Es el zapatero que vive dos casas más allá de mi madre, el que tiene en la nariz una verruga tan grande como un huevo de paloma.

—¿Qué clase de hombre es?

—Es viudo desde hace no sé cuántos años. Yo siempre lo he conocido viudo. Se ríe de una forma especial cuando pasan las niñas, para asustarlas. —De repente, la mujer lo miró asombrada—. ¿Fuma en pipa antes de tomar el café?

—Ya puede prepararme el baño.

Maigret fue a tomarlo al cuarto de aseo que estaba al fondo del pasillo y permaneció largo rato en el agua caliente, fantaseando. Abrió varias veces la boca como para hablar con su mujer, a la que en su casa, mientras se bañaba, solía oír yendo y viniendo por el dormitorio que estaba al lado.

Eran las diez y cuarto cuando bajó. El dueño del hotel estaba detrás de mostrador, vestido de cocinero.

—El juez de instrucción ha telefoneado dos veces.

—¿A qué hora?

—La primera vez un poco después de las nueve, y la segunda hace unos minutos, y le he dicho que no tardaría usted en bajar.

—¿Me puede poner con París?

—Siendo domingo, no tardará mucho.

Maigret le dio su número y se asomó al umbral a tomar el aire. Hoy casi no había nadie mirándolo. Cantaba un gallo en algún lugar, no lejos, y se oía correr el agua del Vendée. Cuando pasó por delante de él una mujer con un sombrero violeta, habría jurado que su ropa olía a incienso.

Efectivamente era domingo.

—¿Aló? ¿Eres tú?

—¿Todavía estás en Fontenay? ¿Me llamas desde la casa de Chabot? ¿Cómo está su madre?

En vez de contestar, él preguntó a su vez:

—¿Qué tiempo hace en París?

—Desde ayer al mediodía es primavera.

—¿Ayer al mediodía?

—Sí. Empezó enseguida después de comer. ¡Se había perdido medio día de sol!

—¿Y ahí?

—También hace buen tiempo.

—¿No te has resfriado?

—Estoy muy bien.

—¿Vuelves mañana por la mañana?

—Creo que sí.

—¿No estás seguro? Yo había pensado que…

—A lo mejor me tengo que quedar unas horas.

—¿Por qué?

—Por trabajo.

—Me habías dicho…

¡Que aprovecharía para descansar, claro! ¿Acaso no descansaba?

Eso fue prácticamente todo. Intercambiaron las frases que solían intercambiar por teléfono.

Después llamó a casa de Chabot. Rose le respondió que el juez había salido para el Palacio de Justicia a las ocho de la mañana. Llamó allí.

—¿Hay novedades?

—Sí, han encontrado el arma. Por eso te he llamado. Me han dicho que estabas durmiendo. ¿Puedes venir?

—Voy enseguida.

—Las puertas están cerradas. Me asomaré a la ventana y te abriré.

—¿No te encuentras bien?

Al teléfono, Chabot parecía abatido.

—Ya hablaremos.

A pesar de todo, Maigret se tomó su tiempo. Quería saborear el domingo y, andando despacio, se encontró muy pronto en la rue de la République, donde el café de la Poste ya había instalado las sillas y las mesas amarillas de la terraza.

Dos casas más allá, la puerta de la pastelería estaba abierta, y aflojó el paso para respirar el olor de los pasteles.

Sonaban las campanas. En la calle surgía cierta animación, más o menos a la altura de la casa de Julien Chabot. Era la multitud que empezaba a salir de la misa de las diez y media en la iglesia de Notre Dame. Le pareció que la gente no se comportaba exactamente igual a como sin duda lo hacía otros domingos. Eran raros los feligreses que se alejaban para volver directamente a casa.

Se formaban grupos en la plaza, que no conversaban animadamente, sino en voz baja, y con frecuencia se callaban mirando las puertas por donde fluía la riada de los feligreses. Incluso las mujeres se demoraban, con el misal de corte dorado en la mano enguantada, y casi todas llevaban un sombrero claro de primavera.

En la plaza había un coche largo y brillante estacionado y, de pie delante de la portezuela, un chofer de uniforme negro en quien Maigret reconoció al mayordomo de los Vernoux.

¿Acaso éstos, que vivían apenas a cuatrocientos metros, tenían por costumbre hacerse llevar en coche a la misa mayor? Podía ser. Tal vez formaba parte de sus tradiciones, o a lo mejor habían tomado el coche hoy para evitar el contacto con los curiosos en las calles.

Justamente estaban saliendo de la iglesia, y la cabeza blanca de Hubert Vernoux sobresalía de las demás. Caminaba a paso lento, con el sombrero en la mano. Cuando estuvo en lo alto de la escalinata, Maigret reconoció al lado de Hubert a su mujer, su cuñada y su nuera.

La multitud se apartaba insensiblemente. No les hacían un pasillo propiamente dicho, pero dejaban un espacio vacío alrededor de ellos y todas las miradas convergían en el grupo.

El chofer abrió la portezuela. Las mujeres entraron primero. Luego Hubert Vernoux se sentó delante y la limusina se deslizó en dirección a la place Viète.

Tal vez en aquel momento, una palabra lanzada por alguien de la multitud, un grito, un gesto habría bastado para encender la cólera popular. Si no se encontraran a la salida de la iglesia habría tenido alguna probabilidad de producirse. Las caras eran hoscas y, si bien las nubes habían sido barridas del cielo, persistía en el aire cierta inquietud. Algunas personas saludaron tímidamente al comisario. ¿Todavía confiaban en él? Lo miraban subir la calle a su vez, con la pipa en la boca y los hombros redondos.

Rodeó la place Viète y enfiló la rue Rabelais. Frente a la casa de los Vernoux, en la otra acera, dos jóvenes de menos de veinte años montaban guardia. No llevaban brazal ni porra. Esos accesorios parecían reservados a las patrullas nocturnas. Pero estaban cumpliendo una misión y se ufanaban de ello.

Uno de los muchachos se quitó la gorra al pasar Maigret, el otro no.

Seis o siete periodistas se agolpaban en la escalinata del Palacio de Justicia cuyas puertas estaban cerradas, y Lomel se había sentado en el suelo con los aparatos a su lado.

—¿Usted cree que le abrirán?—le soltó a Maigret—. ¿Ya conoce la noticia?

—¿Qué noticia?

—Por lo visto han encontrado el arma. Ahí dentro están conferenciando.

Se entreabrió la puerta. Chabot le indicó a Maigret por señas que se apresurase a entrar, y en cuanto estuvo dentro cerró la puerta como si temiese que los reporteros invadieran el edificio.

Los pasillos estaban en penumbra y toda la humedad de las últimas semanas había impregnado los muros de piedra.

—Me habría gustado hablarte antes en privado, pero ha sido imposible.

En el despacho del juez había luz. El fiscal estaba allí, sentado hacia atrás en una silla, con el cigarrillo en los labios. También estaba el comisario Féron, así como el inspector Chabiron, que no pudo evitar lanzarle a Maigret una mirada triunfante y burlona a la vez.

Sobre el escritorio, el comisario vio enseguida un trozo de tubo de plomo de unos veinticinco centímetros de largo y cuatro centímetros de diámetro.

—¿Es eso?

Todo el mundo asintió.

—¿No hay huellas?

—Sólo restos de sangre y dos o tres cabellos pegados.

El tubo, pintado de color verde oscuro, formaba parte de la instalación de una cocina, una bodega o un garaje. Los cortes eran limpios, hechos probablemente por un profesional varios meses atrás, ya que el metal había tenido tiempo de oscurecerse.

¿Se había cortado aquel trozo al instalar un fregadero u otro artefacto? Era probable.

Maigret se disponía a preguntar dónde habían encontrado el objeto cuando Chabot se adelantó:

—Cuénteselo, inspector.

Chabiron, que sólo esperaba esta señal, adoptó un aire modesto:

—Nosotros, en Poitiers, todavía usamos los métodos tradicionales. Del mismo modo que interrogué con mi compañero a todos los vecinos de la calle, me puse a rebuscar por los rincones. A pocos metros del lugar donde fue abatido Gobillard, hay un portalón que da a un patio perteneciente a un tratante de caballos y está rodeado de caballerizas. Esta mañana, se me ocurrió darme una vuelta por allí. Y, entre el estiércol que cubre el suelo, no tardé en encontrar este objeto. Según todas las probabilidades, el asesino, al oír pasos, lo lanzó por encima del muro.

—¿Quién lo ha examinado para ver si hay huellas?

—Yo. El comisario Féron me ha ayudado. Aunque no seamos expertos, sabemos lo suficiente para detectar huellas dactilares. Es seguro que el asesino de Gobillard llevaba guantes. En cuanto a los cabellos, hemos ido a la morgue para compararlos con los del muerto. Coinciden—concluyó con satisfacción.

Maigret tuvo mucho cuidado de no emitir ninguna opinión. Se produjo un silencio, que al final rompió el juez.

—Estábamos hablando de lo que conviene hacer ahora. Este descubrimiento, al menos a primera vista, parece confirmar la declaración de Émile Chalus.

Maigret siguió sin decir nada.

—Si el arma no se hubiera descubierto cerca del lugar, habría podido decirse que el doctor difícilmente hubiera logrado deshacerse de ella antes de ir a llamar por teléfono al café de la Poste. Como señala el inspector con buen sentido.

Chabiron prefirió decir él mismo lo que pensaba:

—Supongamos que el asesino se hubiese alejado una vez cometido el crimen, antes de la llegada de Alain Vernoux, como éste pretende. Es su tercer crimen. Las otras dos veces se llevó el arma. No sólo no encontramos nada en la rue Rabelais, ni en la rue des Loges, sino que parece evidente que golpeó las tres veces con el mismo tubo de plomo.

—Maigret ya lo había entendido, pero prefería dejarlo hablar—. El hombre no tenía ninguna razón, esta vez, para lanzar el arma por encima del muro. Nadie lo perseguía, nadie lo había visto. Pero si admitimos que el asesino es el doctor, era indispensable que se deshiciera de un objeto tan comprometedor antes de…

—¿Por qué avisar a las autoridades?

—Porque eso lo excluía. Pensó que nadie sospecharía de quien daba la alarma. —También esto parecía lógico—. Y eso no es todo. Usted lo sabe—había pronunciado estas últimas palabras con cierto nerviosismo, pues Maigret, sin ser su superior directo, no dejaba de ser un señor al que no se ataca de frente—, cuénteselo, Féron.

El comisario de policía, azorado, aplastó primero el cigarrillo en el cenicero. Chabot, lúgubre, evitaba mirar a su amigo. Sólo el fiscal observaba de vez en cuando el reloj de pulsera como quien tiene cosas más agradables que hacer.

Tras carraspear, Féron se volvió hacia Maigret:

—Cuando ayer me telefonearon para preguntarme si conocía a una tal Sabati—Maigret comprendió y de pronto sintió miedo, notó una sensación desagradable en el pecho y la pipa empezó a saberle mal—naturalmente me pregunté si eso tenía alguna relación con el caso. No lo recordé hasta media tarde, porque estuve ocupado. Estaba a punto de enviar a uno de mis hombres cuando pensé que, por si acaso, mejor pasaría a verla yo cuando fuese a cenar.

—¿Y fue?

—Me enteré de que usted la había visto antes que yo.

Féron bajaba la cabeza, como si le costara formular una acusación.

—¿Ella se lo dijo?

—No enseguida. Primero se negó a abrir la puerta y tuve que emplearme a fondo.

—¿La amenazó?

—Le anuncié que si se resistía podía costarle caro. Me dejó entrar. Observé el ojo amoratado. Le pregunté quién se lo había hecho. Durante más de media hora, calló como una muerta, mirándome con desdén. Entonces decidí llevarla a comisaría, donde es más fácil hacer*les* hablar.

Maigret sentía un peso en los hombros, no sólo por lo que le había ocurrido a Louise Sabati, sino por la actitud del comisario de policía, quien a pesar de sus titubeos y de su aparente humildad, en el fondo se sentía muy orgulloso de lo que había hecho.

Se notaba que había avasallado sin contemplaciones a esa muchacha del pueblo que no tenía medios para defenderse. No obstante, él mismo debía de ser de extracción humilde: había arremetido contra una de sus iguales.

Resultaba doloroso escuchar casi todas las palabras que pronunciaba ahora, con una voz que cada vez cobraba más aplomo.

—Como hace más de ocho meses que ya no trabaja, legalmente no tiene recursos, y eso es lo primero que le hice observar. Y, como recibe regularmente a un hombre, eso la incluye en la categoría de las prostitutas. Lo entendió y tuvo miedo. Se resistió un buen rato. No sé cómo lo consiguió usted, pero acabó confesándome que se lo había contado todo.

—¿Qué es todo?

—Sus relaciones con Alain Vernoux, el comportamiento de éste, al que le daban unos ataques de ira ciega y la molía a golpes.

—¿Pasó la noche en el calabozo?

—La solté esta mañana. Le sentó bien.

—¿Firmó la declaración?

—No la habría soltado si no lo hubiera hecho.

Chabot dirigió a su amigo una mirada de reproche.

—Yo no estaba al corriente de nada—murmuró.

Seguro que ya se lo había dicho a los demás. Maigret no le había hablado de su visita al barrio de los cuarteles, y ahora el juez debía de considerar ese silencio, que también a él lo ponía en una posición difícil, como una traición.

Maigret permanecía tranquilo en apariencia. Su mirada se posaba, pensativa, sobre el comisario bajito y poco agraciado que parecía esperar que lo felicitaran.

—¿Supongo que ha sacado usted conclusiones de esa historia?

—Nos muestra en todo caso al doctor Vernoux bajo otra luz. Esta mañana temprano, he interrogado a las vecinas y me han confirmado que en casi cada visita suya se producían escenas violentas en el piso, hasta el punto de que más de una vez estuvieron a punto de avisar a la policía.

—¿Por qué no lo hicieron?

—Sin duda porque pensaron que no era asunto suyo.

¡No! Si las vecinas no habían dado la alarma es porque para ellas las palizas que recibía Louise Sabati, que no tenía nada que hacer en todo el día, eran como una venganza. Y probablemente cuanto más le pegaba Alain, más satisfechas estaban.

Habrían podido ser las hermanas del comisario Féron.

—¿Dónde está ahora?

—Le ordené que volviera a casa y se mantuviera a disposición del juez instructor.

Éste carraspeó a su vez.

—Es indudable que los dos descubrimientos de esta mañana ponen a Alain Vernoux en una situación difícil.

—¿Qué hizo anoche, al despedirse de mí?

Fue Féron quien contestó:

—Volvió a su casa. Estoy en contacto con el comité de vigilancia. Al no poder evitar que se formase ese comité, he preferido asegurarme su colaboración. Vernoux volvió directamente a su casa.

—¿Tiene costumbre de asistir a la misa de las diez y media?

Esta vez fue Chabot quien respondió.

—Él no va a misa. Es el único de la familia que no va.

—¿Ha salido esta mañana?

Féron hizo un gesto vago.

—No lo creo. A las nueve y media no me habían informado de nada.

El fiscal tomó por fin la palabra, como quien ya empieza a estar harto.

—Todo eso no nos conduce a nada. Lo que se trata de saber es si tenemos suficientes cargos contra Alain Vernoux para arrestarlo. —Y mirando fijamente al juez añadió—: Y eso es asunto suyo, Chabot. Es su responsabilidad.

Chabot, a su vez, miraba a Maigret, cuya expresión seguía siendo seria y neutra.

Entonces, en vez de una respuesta, el juez de instrucción pronunció un discurso.

—La situación es la siguiente. Por una u otra razón, la opinión pública ha señalado a Alain Vernoux desde el primer asesinato, el de su tío Robert de Courçon. Todavía me pregunto en qué se basó la gente. Alain Vernoux no es popular. Su familia es detestada. He recibido más de veinte cartas anónimas señalando la casa de la rue Rabelais y acusándome de tratar con demasiada consideración a los ricos con los que me codeo.

»Los otros dos crímenes no han atenuado esas sospechas, sino todo lo contrario. Desde hace tiempo, Alain Vernoux es para algunos "un hombre diferente de los demás".

Féron lo interrumpió:

—La declaración de la Sabati...

—... es abrumadora para él, igual que ahora que se ha encontrado el arma lo es la declaración de Chalus. Tres crímenes en una semana es mucho. Es natural que la población esté preocupada y trate de protegerse. Hasta ahora no me he decidido a actuar, considerando que los indicios no eran suficientes. Es una gran responsabilidad, en efecto, como acaba de señalar el fiscal. Una vez arrestado, un hombre con el carácter de Vernoux, aunque sea culpable, no dirá nada.

Sorprendió una sonrisa, algo irónica y amarga, en los labios de Maigret, se sonrojó y perdió el hilo de sus pensamientos.

—Se trata de saber si vale más arrestarlo ahora o esperar a que...

Maigret no pudo evitar mascullar entre dientes:

—¡Pues bien que han arrestado a la Sabati y la han tenido toda la noche!

Chabot lo oyó, abrió la boca para responder, para replicar seguramente que no era lo mismo, pero en el último momento se contuvo.

—Esta mañana, gracias al sol del domingo y a la misa, asistimos a una especie de tregua. Pero, a esta hora ya, en el momento del aperitivo, en los cafés, la gente estará hablando otra vez. Algunos paseantes darán un rodeo para pasar por delante del palacete de los Vernoux. Saben que anoche estuve allí jugando al bridge y que el comisario me acompañaba. Es difícil hacer entender...

—¿Va a detenerlo?—preguntó el fiscal levantándose, al considerar que los titubeos ya habían durado demasiado.

—Tengo miedo de que esta tarde se produzca algún incidente que pueda tener consecuencias graves. Basta una insignificancia, un niño que lance una piedra contra las ventanas, un borracho que se ponga a vocear insultos delante de la casa. Tal como están los ánimos de la gente...

—¿Va a detenerlo?

El fiscal buscaba el sombrero y no lo encontraba. El comisario bajito, servil, le dijo:

—Lo ha dejado en su despacho, voy por él.

Y Chabot, volviéndose hacia Maigret, murmuró:

—¿Tú qué opinas?

—Nada.

—En mi lugar, ¿tú qué...?

—No estoy en tu lugar.

—¿Crees que el doctor está loco?

—Depende de lo que se entienda por loco.

—¿Crees que es capaz de matar?

Maigret no respondió y también él buscó su sombrero.

—Espera un momento, tengo que hablar contigo. Primero, debo acabar con esto, y si me equivoco, mala suerte.

Abrió el cajón de la derecha, sacó un impreso y empezó a rellenarlo, mientras Chabiron le lanzaba a Maigret una mirada más burlona que nunca.

Chabiron y el comisario bajito habían ganado: el impreso era una orden de detención. Chabot todavía dudó un segundo antes de firmarlo y estampar los sellos.

Luego se preguntó a cuál de los dos hombres se lo entregaría. En Fontenay no se había presentado nunca el caso de una detención como aquélla.

—Supongo…—Y por fin se decidió—: Bueno, vayan los dos, con la máxima discreción, para evitar manifestaciones. Sería mejor que fueran en coche.

—Tengo el mío—dijo Chabiron.

Fue un momento desagradable. Durante unos instantes, pareció que todos se avergonzaban un poco. Quizá no tanto porque dudasen de la culpabilidad del doctor, de la cual se sentían casi seguros, como porque en el fondo sabían que no actuaban a causa de su culpabilidad, sino por miedo a la opinión pública.

—Manténganme al corriente—murmuró el fiscal, que fue el primero en salir, y añadió—: Si no estoy en mi casa, llámenme a la de mis suegros.

Iba a pasar el resto del domingo en familia. Féron y Chabiron salieron a su vez, y era el comisario bajito el que llevaba la orden cuidadosamente doblada en su cartera.

Tras echar un vistazo a través de la ventana del pasillo, Chabiron volvió sobre sus pasos y preguntó:

—¿Y los periodistas?

—No les digan nada por ahora. Diríjanse primero al centro de la ciudad. Anúncienles que dentro de media hora haré una declaración y se quedarán.

—¿Lo traemos aquí?

—Directamente a la cárcel. En caso de que la multitud intentara un linchamiento, será más fácil protegerlo.

La cosa llevó un tiempo, pero finalmente se quedaron solos. Chabot no estaban orgulloso.

—¿Qué opinas?—se decidió a preguntar—. ¿Crees que he hecho mal?

—Tengo miedo—confesó Maigret, que fumaba en pipa con aire sombrío.

—¿De qué?

No contestó.

—En conciencia, no podía actuar de otra forma.

—Lo sé, no estoy pensando en eso.

—¿En qué piensas?

No quería confesar que era la actitud del comisario bajito hacia Louise Sabati lo que no podía tragar.

Chabot miró su reloj.

—Dentro de media hora habrá terminado y podremos ir a interrogarlo. —Maigret seguía sin decir nada, poniendo cara de seguir Dios sabe qué pensamiento misterioso—. ¿Por qué no me lo dijiste anoche?

—¿Lo de la Sabati?

—Sí.

—Para evitar lo que ha ocurrido.

—Ha ocurrido de todas formas.

—Sí, no preveía que Féron se ocuparía del tema.

—¿Tienes la carta?

—¿Qué carta?

—La carta anónima que recibí referida a ella y que te entregué. Tengo que incorporarla al expediente.

Maigret buscó en los bolsillos, la encontró, arrugada, todavía húmeda de la lluvia del día anterior, y la dejó caer sobre el escritorio.

—¿No quieres mirar si los periodistas los han seguido?

Fue a echar una ojeada a la ventana. Los reporteros y los fotógrafos seguían allí, con aire de esperar un acontecimiento.

—¿Tienes hora?

—Las doce y cinco.

No habían oído las campanas. Con todas las puertas cerradas, estaban allí como en un sótano donde no entraba ni un rayo de sol.

—Me pregunto cómo reaccionará. También me pregunto lo que su padre...

Sonó el timbre del teléfono. Chabot quedó tan impresionado que tardó un momento en descolgar, y por fin murmuró mirando fijamente a Maigret:

—¿Diga?—Frunció el ceño—. ¿Está seguro?

Maigret oía gritos en el aparato, pero no podía distinguir las palabras. Hablaba Chabiron.

—¿Han registrado la casa? ¿Qué están haciendo ahora? Está bien. Sí. No se muevan. Yo...—se pasó la mano por la cabeza con un gesto de angustia—los llamaré dentro de un momento.

Cuando colgó, Maigret se limitó a preguntar:

—¿Se ha ido?

—¿Ya te lo esperabas?—Y, como no contestaba, el juez continuó—. Volvió a su casa anoche inmediatamente después de dejarte, de eso estamos seguros. Pasó la noche en su habitación. Esta mañana temprano se hizo subir una taza de café.

—Y los periódicos.

—No tenemos periódicos el domingo.

—¿Con quién ha hablado?

—Aún no lo sé. Féron y el inspector siguen en la casa interrogando a los criados. Un poco después de las diez, toda la familia, salvo Alain, fue a misa en el coche conducido por el mayordomo.

—Los he visto.

—Al regresar, nadie se ha preocupado por el doctor. Es una casa donde, menos el sábado, cada uno va a la suya. Cuando mis dos hombres han llegado, una sirvienta ha subido a avisar a Alain. No estaba en sus aposentos. Lo han llamado por toda la casa. ¿Tú crees que ha huido?

—¿Qué dice el hombre que monta guardia en la calle?

—Féron lo ha interrogado. Parece ser que el doctor ha salido poco después que el resto de la familia y se ha dirigido a pie hacia la ciudad.

—¿No lo han seguido? Creía que…

—Di instrucciones de que lo siguieran. Tal vez la policía ha pensado que, al ser domingo por la mañana, no era necesario. No lo sé. Si no lo detenemos, la gente pensará que lo he retrasado aposta para que tuviera tiempo de huir.

—Seguro que lo dirán.

—No hay ningún tren antes de las cinco de la tarde y Alain no tiene coche.

—Por lo tanto no está lejos.

—¿Tú crees?

—Me extrañaría que no estuviera en casa de su amante. Normalmente no va hasta la noche, aprovechando la oscuridad. Pero hace tres días que no la ha visto.

Maigret no añadió que Alain sabía que él había ido a verla.

—¿Qué te pasa?—preguntó el juez instructor.

—Nada. Tengo miedo, eso es todo. Más vale que los envíes allí.

Chabot telefoneó. Tras lo cual, ambos permanecieron sentados frente a frente, en silencio, en el despacho donde la primavera aún no había entrado y donde la pantalla verde de la lámpara les daba aspecto de enfermos.

7

EL TESORO DE LOUISE

Mientras esperaban, Maigret tuvo de pronto la impresión incómoda de estar mirando a su amigo con lupa. Chabot le parecía más envejecido todavía, más apagado que cuando llegó dos días atrás. Tenía justo la vida, la energía y la personalidad suficientes para llevar la existencia que llevaba, y cuando bruscamente, como era el caso, se le reclamaba un esfuerzo suplementario, se desmoronaba, avergonzado por su inercia.

Sin embargo, el comisario habría jurado que no era una cuestión de edad. Debía de haber sido siempre así. Era Maigret quien se había equivocado en otra época, cuando eran estudiantes y envidiaba a su amigo. Entonces, Chabot le parecía el prototipo del adolescente feliz. En Fontenay, una madre solícita lo recibía en una casa confortable donde todas las cosas tenían un aspecto sólido y definitivo. Sabía que, además de esa casa, heredaría dos o tres fincas, y recibía bastante dinero cada mes para poder prestarles a sus compañeros.

Habían pasado treinta años y Chabot se había convertido en lo que tenía que ser. Hoy era él quien miraba a Maigret pidiéndole ayuda.

Pasaban los minutos. El juez fingía leer un expediente, pero su mirada no seguía las líneas escritas a máquina. El teléfono no se decidía a sonar.

Sacó el reloj del bolsillo.

—En coche, no se tarda ni cinco minutos en llegar allí. Y lo mismo para volver. Ya tendrían que...

Eran las doce y cuarto. Había que dejar a los dos hombres algún tiempo para registrar la casa.

—Si no confiesa y si, dentro de dos o tres días, no he descubierto pruebas irrefutables, no me quedará más remedio que pedir la jubilación anticipada.

Había actuado por miedo a la mayoría de la población. Ahora lo que temía eran las reacciones de Vernoux y sus iguales.

—Las doce y veinte. No sé qué estarán haciendo.

A las doce y veinticinco, se levantó, demasiado nervioso para permanecer sentado.

—¿No tienes coche?—le preguntó el comisario.

Chabot pareció turbado.

—Tuve uno que me servía los domingos para llevar a mi madre al campo. —Tenía gracia oír hablar del campo a alguien que vivía en una ciudad donde las vacas pastaban a quinientos metros de la calle mayor—. Ahora que mi madre ya sólo sale para ir a misa los domingos, ¿para qué quiero un coche?

¿Tal vez se había vuelto avaro? Probablemente. No era culpa suya. Cuando se posee semejante patrimonio, es inevitable que uno tema perderlo.

Maigret tenía la impresión, desde que llegó a Fontenay, de haber comprendido cosas en las que jamás había pensado, y se estaba haciendo una idea de la ciudad de provincias diferente de la que se había hecho hasta entonces.

—Ya debería haber novedades.

Los dos policías habían salido hacía más de veinte minutos. No requería mucho tiempo registrar el piso de dos habitaciones de Louise Sabati. Alain Vernoux no era el tipo de hombre que huye por la ventana, y era difícil imaginar una persecución por las calles del barrio de los cuarteles.

Hubo un momento de esperanza cuando oyeron el motor de un coche que subía la cuesta de la calle, y el juez se quedó inmóvil, alerta, pero el coche pasó de largo.

—No entiendo nada.

Se estiraba los dedos largos cubiertos de vello rubio, echaba breves ojeadas a Maigret como suplicándole que lo tranquilizase, mientras el comisario se obstinaba en seguir mostrándose impenetrable.

Un poco después de las doce y media, cuando por fin sonó el teléfono, Chabot se echó literalmente sobre el aparato.

—¡Diga!—gritó.

Pero, inmediatamente, sufrió una decepción. Era una voz de mujer la que se oía, una mujer que no debía de tener costumbre de hablar por teléfono, porque hablaba tan alto que el comisario la oía desde la otra punta de la habitación.

—¿Es usted el juez?—preguntó.

—Sí, el juez de instrucción Chabot. La escucho.

Y ella repetía en el mismo tono:

—¿Es usted el juez?

—¡Sí! ¿Qué desea?

—¿Es usted el juez?

Y él, furioso:

—Sí. Soy el juez. ¿No me oye?

—No.

—¿Qué es lo que desea?

Si le hubiese preguntado otra vez si era el juez, probablemente habría tirado el aparato al suelo.

—El comisario quiere que venga.

—¿Cómo?

Pero ahora, hablando con otra persona dentro de la habitación desde la cual telefoneaba, la mujer anunció con otra voz:

—Se lo he dicho. ¿Qué?—Alguien le ordenaba: «Cuelgue»—. ¿Que cuelgue qué?

Oyeron ruidos en el Palacio de Justicia. Chabot y Maigret aguzaron el oído.

—Están golpeando la puerta.

—Ven.

Corrieron por los pasillos. Los golpes cada vez eran más fuertes. Chabot se apresuró a descorrer el cerrojo y a dar vuelta a la llave en la cerradura.

—¿Le han telefoneado?

Era Lomel, rodeado de tres o cuatro colegas. Se veía a otros subiendo la calle en dirección al campo.

—Chabiron acaba de pasar con su coche. A su lado había una mujer desmayada. Ha debido de llevarla al hospital.

Al pie de la escalinata había un coche parado.

—¿De quién es?

—Mío, o mejor dicho de mi periódico—dijo un reportero de Burdeos.

—Llévenos.

—¿Al hospital?

—No, primero baje hacia la rue de la République y luego doble a la derecha en dirección al cuartel.

Se amontonaron todos en el coche. Delante de la casa de los Vernoux, se había formado un grupo de unas veinte personas y los miraron pasar en silencio.

—¿Qué ocurre, juez?—preguntó Lomel.

—No lo sé. Debían proceder a una detención.

—¿El doctor?

No tuvo valor para negarlo, para recurrir a la astucia. Había algunas personas sentadas en la terraza del café de la Poste. Una mujer endomingada salía de la pastelería con una caja de cartón blanca colgando del dedo con un cordel rojo.

—¿Por ahí?

—Sí. Ahora doble a la izquierda... Espere, doble después de este edificio.

No podían equivocarse. Delante de la casa en la que vivía

Louise, estaba lleno de gente, sobre todo de mujeres y niños, que se precipitaron hacia las portezuelas cuando el coche se detuvo. La mujer gorda que había recibido a Maigret la víspera estaba en primera fila, con los brazos en jarras.

—Soy yo la que fui a telefonearle desde la tienda. El comisario está arriba.

Todo ocurría en medio de la confusión. El pequeño grupo que había bajado del coche rodeó la casa. Maigret, que conocía el lugar, lo encabezaba.

Los curiosos, que en la parte trasera de la casa todavía eran más, tapaban la puerta de entrada. Incluso ocupaban la escalera en lo alto de la cual el comisario bajito se veía obligado a montar guardia delante de la puerta derribada.

—Abran paso, apártense.

Féron estaba demudado, con el cabello en la frente. Había perdido el sombrero en alguna parte. Pareció aliviado de que llegase alguien a ayudarlo.

—¿Han avisado a la comisaría para que me envíen refuerzos?

—No sabía…—empezó el juez.

—Le encargué a esa mujer que se lo dijera.

Los periodistas intentaban sacar fotos. Un bebé lloraba. Chabot, al que Maigret había hecho pasar delante, alcanzaba los últimos escalones y preguntaba:

—¿Qué pasa?

—Está muerto. —Empujó la puerta, una parte de la cual se había hecho astillas—. En el dormitorio.

La habitación estaba en desorden. La ventana abierta dejaba entrar el sol y las moscas.

Encima de la cama deshecha, el doctor Alain Vernoux yacía vestido, con las gafas sobre la almohada donde reposaba la cara, de la cual ya habían retirado la sangre.

—Explíquese, Féron.

—No hay nada que explicar. Llegamos el inspector y yo, y nos señalaron esta escalera. Llamamos. Como no contestaban, pronuncié las advertencias de costumbre. Chabiron derribó la puerta golpeándola con el hombro. Lo encontramos tal como está, ahí donde lo ve. Le tomé el pulso. Ya no latía. Le puse un espejo delante de la boca.

—¿Y la muchacha?

—Estaba en el suelo, como si se hubiese deslizado de la cama, y había vomitado. —Todos andaban pisando el vómito—. Ya no se movía, pero no estaba muerta. En la casa no hay teléfono. No podía correr por todo el barrio buscando un aparato. Chabiron se la cargó a la espalda y la trasladó al hospital. Era lo único que se podía hacer.

—¿Está seguro de que respiraba?

—Sí, con un estertor extraño en la garganta.

Los fotógrafos seguían trabajando. Lomel tomaba notas en un cuadernito rojo.

—Todos los vecinos se me echaron encima. Unos niños consiguieron colarse un momento en la habitación. No podía alejarme. Quería avisarle. Envié a la mujer que parece hacer las funciones de portera encargándole que le dijera…

—Señalando el desorden a su alrededor, añadió—: Ni siquiera he podido echar un vistazo a la vivienda.

Fue uno de los periodistas el que les tendió un tubo de Veronal vacío.

—En todo caso hay esto.

Era la explicación. Por parte de Alain Vernoux, se trataba sin duda de un suicidio.

¿Había logrado que Louise se matase con él? ¿Le había administrado la droga sin decir nada?

En la cocina, un bol aún contenía un fondo de café con leche y al lado había un pedazo de queso y una rebanada de pan, y en el pan la marca de la boca de la muchacha.

Se levantaba tarde, Alain Vernoux debió de encontrarla desayunando.

—¿Estaba vestida?

—En camisón. Chabiron la envolvió en una manta y se la llevó así.

—¿Los vecinos no han oído ninguna pelea?

—No he podido interrogarlos. Los chiquillos están en primera fila y las madres no hacen nada para apartarlos. Escúcheles.

Uno de los periodistas apoyaba la espalda en la puerta que ya no cerraba, para impedir que la empujasen desde fuera.

Julien Chabot iba y venía como en una pesadilla, como un hombre que ha perdido el control de la situación.

Dos o tres veces, se dirigió hacia el cuerpo y por fin se decidió a poner la mano en la muñeca que colgaba.

Repitió varias veces, olvidando que ya lo había dicho, o para convencerse a sí mismo:

—El suicidio es evidente. —Luego preguntó—: ¿Chabiron no va a volver?

—Supongo que se quedará allí para interrogar a la chica si recobra el conocimiento. Habría que avisar a la comisaría. Chabiron me ha prometido que enviaría a un médico…

Éste ya llamaba a la puerta, un joven residente que se dirigió directamente a la cama.

—¿Muerto?

Asintió con la cabeza.

—¿Y la chica que se han llevado?

—Se están ocupando de ella. Tiene posibilidades de salvarse.

Miró el tubo, se encogió de hombros y masculló:

—Siempre lo mismo.

—¿Cómo es que él ha muerto y en cambio ella…?

Señaló el vómito en el suelo.

Uno de los reporteros, que había desaparecido sin que nadie se diera cuenta, volvió a la habitación.

—No ha habido pelea—dijo—. He interrogado a las vecinas. Y es cierto que esta mañana la mayoría de las casas tenían las ventanas abiertas.

Lomel, por su parte, registraba con descaro los cajones, que no contenían gran cosa, ropa interior y vestidos baratos, bibelots sin valor. Luego se inclinó para mirar debajo de la cama y Maigret lo vio tumbarse en el suelo, alargar el brazo y retirar una caja de zapatos de cartón atada con una cinta azul. Lomel se retiró a un lado con su botín, reinaba suficiente desorden como para que nadie lo molestase.

Sólo Maigret se acercó a él.

—¿Qué es?

—Cartas.

La caja estaba prácticamente llena, no sólo de cartas, sino de notas breves escritas deprisa en pedazos de papel. Louise Sabati lo había guardado todo, tal vez sin que su amante lo supiera, casi con toda seguridad, de lo contrario no habría escondido la caja debajo de la cama.

—Déjeme ver.

Lomel parecía impresionado al leerlas. Dijo con voz insegura:

—Son cartas de amor.

El juez se había percatado por fin de lo que pasaba.

—¿Cartas?

—Cartas de amor.

—¿De quién?

—De Alain. Firmadas con su nombre de pila, a veces sólo con sus iniciales.

Maigret, que había leído dos o tres, habría querido impedir que se las pasasen de mano en mano. Eran probablemente las cartas de amor más conmovedoras que jamás había leído. El doctor las había escrito con la pasión y a menudo la ingenuidad de un muchacho de veinte años.

Se dirigía a Louise llamándola: «Mi pequeña».

A veces: «Pobre pequeña mía».

Y le decía, como todos los amantes, lo largos que eran los días y las noches sin ella, el vacío de su vida, de su casa donde iba topando con las paredes como un avispón, le decía que ojalá la hubiera conocido antes, antes de que ningún hombre la hubiese tocado, y la rabia que le entraba por las noches, solo en su cama, cuando pensaba en las caricias que había tenido que sufrir.

Algunas veces, se dirigía a Louise como a una criatura irresponsable, y otras veces se le escapaban gritos de odio y desesperación.

—Señores…— empezó Maigret, con un nudo en la garganta.

Nadie le prestaba atención. No era asunto suyo. Chabot, colorado, con los cristales de las gafas empañados, seguía leyendo los papeles.

«Te he dejado hace media hora y he vuelto a mi cárcel. Necesito volver a verte…».

Apenas hacía ocho meses que la conocía. Había unas doscientas cartas, y algún día había escrito tres seguidas. Algunas no llevaban sello. Debió de entregárselas en mano.

«Si fuera un hombre…».

Fue un alivio para Maigret oír llegar a los agentes de policía, que apartaban al gentío y a la chiquillería.

—Harías bien en llevártelas—le susurró a su amigo.

Hubo que recogerlas de todas las manos. Los que las devolvían parecían incómodos. Ya no se atrevían a mirar hacia la cama, y cuando echaban un vistazo al cuerpo acostado lo hacían furtivamente, como excusándose.

Así, sin las gafas, con la cara relajada y serena, Alain Vernoux parecía diez años más joven que cuando estaba vivo.

—Mi madre debe de estar preocupada…—observó Chabot mirando el reloj.

Olvidaba la casa de la rue Rabelais, donde había toda una familia, un padre, una madre, una mujer y unos hijos a los que habría que avisar tarde o temprano.

Maigret se lo recordó. El juez murmuró:

—Preferiría no ir yo personalmente.

El comisario no se atrevía a ofrecerse. Tal vez su amigo, por su parte, no se atrevía a pedírselo.

—Enviaré a Féron.

—¿Adónde?—preguntó éste.

—A la rue Rabelais, para avisarles. Hable primero con su padre.

—¿Y qué le digo?

—La verdad.

El comisario bajito masculló entre dientes:

—¡Menudo papelón!

Ya no tenían nada que hacer allí, nada que descubrir en la vivienda de una pobre chica cuyo único tesoro era la caja con las cartas. Seguramente no las había entendido todas, pero no tenía importancia.

—¿Vienes, Maigret?—Y, dirigiéndose al médico—: ¿Se encarga usted de hacer trasladar el cuerpo?

—¿Al depósito?

—Habrá que hacerle la autopsia. No veo cómo…—Se volvió hacia los dos agentes—. No dejen entrar a nadie.

Bajó la escalera, con la caja de cartón bajo el brazo y tuvo que abrirse paso entre el gentío agolpado en la entrada. No había pensado en el coche. Estaban en la otra punta de la ciudad. Por propia iniciativa, el periodista de Burdeos se precipitó.

—¿Adónde quieren que los lleve?

—A mi casa.

—¿A la rue Clemenceau?

Hicieron la mayor parte del trayecto en silencio. Sólo al llegar a cien metros de su casa, Chabot murmuró:

—Supongo que con esto el caso queda cerrado.

No debía de estar tan seguro, porque examinaba a Maigret de reojo. Y éste no le daba la razón, no decía ni sí ni no.

—No veo razón alguna, si no era culpable, para...

Calló porque, al oír el coche, su madre, que debía de estar impaciente, ya abría la puerta.

—Me preguntaba qué había ocurrido. He visto gente corriendo como si pasara algo.

Chabot dio las gracias al periodista y se creyó obligado a proponerle:

—¿Una copita?

—Gracias, pero tengo que telefonear urgentemente a mi periódico.

—La carne en el horno se habrá pasado. Os esperaba a las doce y media. Se te ve cansado, Julien. ¿No le parece, Jules, que tiene mala cara?

—Deberías dejarnos un momento, mamá.

—¿No queréis comer?

—De momento no.

Se aferraba a Maigret.

—¿No ha ocurrido nada malo?

—Nada que deba preocuparle. —Pero prefirió confesarle la verdad, al menos una parte de la verdad—: Alain Vernoux se ha suicidado.

Ella sólo exclamó:

—¡Ah!

Luego, bajando la cabeza, se dirigió a la cocina.

—Pasemos a mi despacho. ¿A menos que tengas hambre?

—No.

—Sírvete algo de beber.

Le habría apetecido una cerveza, pero sabía que en aquella casa no la había. Buscó en el mueble bar y cogió al azar una botella de Pernod.

—Rose te traerá agua y hielo.

Chabot se había dejado caer en el sillón donde la cabeza de su padre, antes de la suya, había dibujado en el cuero una mancha más oscura. La caja de zapatos había quedado encima del escritorio, con la cinta que habían vuelto a anudar.

El juez sentía la necesidad urgente de que lo tranquilizaran. Tenía los nervios a flor de piel.

—¿Por qué no te tomas una copa?—le preguntó Maigret.

Pero por la mirada que Chabot lanzó hacia la puerta, comprendió que era su madre la que le había pedido que dejara de beber.

—Prefiero no hacerlo.

—Como quieras.

A pesar del buen tiempo seguía ardiendo el fuego en la chimenea, y Maigret, que estaba acalorado, tuvo que alejarse de ella.

—¿Qué opinas?

—¿De qué?

—De lo que ha hecho. ¿Por qué, si no era culpable?

—Has leído alguna de las cartas, ¿no?

Chabot bajó la cabeza.

—El comisario Féron irrumpió ayer en la casa de Louise, la interrogó, se la llevó a la comisaría y la tuvo toda la noche en el calabozo.

—No fue siguiendo órdenes mías.

—Lo sé, pero lo hizo. Esta mañana, Alain fue corriendo a verla y se enteró de todo.

—No veo la influencia que pudiera tener.

Lo veía perfectamente, pero no quería confesarlo.

—¿Crees que ha sido por eso?

—Creo que ha bastado. Mañana, toda la ciudad habría estado al corriente. Féron seguiría hostigando a la chica y finalmente la condenarían por prostitución.

—Fue imprudente, pero eso no es razón para matarse.

—Depende de para quién.

—Tú estás seguro de que no es culpable.

—¿Y tú?

—Creo que todo el mundo lo creerá culpable y estará satisfecho.

Maigret lo miró asombrado.

—¿Quieres decir que das por cerrado el caso?

—No lo sé. Ya no lo sé.

—¿Recuerdas lo que nos dijo Alain?

—¿A propósito de qué?

—De que un loco tiene su lógica. Un loco, que ha vivido toda su vida sin que nadie se dé cuenta de su locura, no se pone a matar porque sí. Hace falta al menos una provocación. Hace falta una causa, que a una persona sensata le puede parecer insuficiente, pero que a él le basta.

»La primera víctima fue Robert de Courçon, y a mi modo de ver es la que cuenta, porque es la única que puede darnos algún indicio.

»Tampoco el rumor público nace porque sí.

—¿Te fías de la opinión de las masas?

—A veces se equivocan en sus manifestaciones. Sin embargo, casi siempre, como he podido comprobar con los años, existe un fundamento serio. Diría que las masas tienen instinto.

—O sea que efectivamente era Alain.

—No he llegado a esa conclusión. Cuando Robert de

Courçon fue asesinado, la población estableció una relación entre las dos casas de la rue Rabelais y, en ese momento, aún no se hablaba de locura. El asesinato de Courçon no era necesariamente atribuible a un loco o a un maníaco. Podían existir razones concretas para que alguien decidiera matarlo, o para que lo hiciera en un rapto de ira.

—Continúa.

Chabot ya no discutía. Maigret habría podido decirle cualquier cosa y lo habría aceptado. Tenía la impresión de que lo que estaban destruyendo era su carrera, su vida.

—Yo no sé nada más que tú. Ha habido dos crímenes más, ambos inexplicables, ambos cometidos de la misma forma, como si el asesino quisiera subrayar que se trataba de un mismo y único culpable.

—Yo creía que los criminales adoptaban en general un método, siempre el mismo.

—Yo lo que me pregunto es por qué tenía tanta prisa.

—¿Tanta prisa para qué?

—Para volver a matar. Y matar por tercera vez. Como para dejar bien sentado en la opinión que había un loco criminal que andaba suelto.

Esta vez, Chabot levantó rápidamente la cabeza.

—¿Quieres decir que no está loco?

—No exactamente.

—¿Entonces?

—Es un tema que lamento no haber comentado más a fondo con Alain Vernoux. Lo poco que nos dijo me ha quedado en la memoria. Ni siquiera un loco actúa necesariamente como un loco.

—Es evidente, si no, ya no habría ninguno suelto.

—*A priori*, tampoco es porque esté loco por lo que mata.

—Ahora me he perdido, ¿cuál es tu conclusión?

—No tengo conclusión.

Se sobresaltaron al oír el teléfono. Chabot descolgó, cambió de actitud y de voz.

—Claro que sí, señora, está aquí. Se lo paso. —Y dirigiéndose a Maigret—: Es tu mujer.

Ella decía al otro lado del teléfono:

—¿Eres tú? ¿No te interrumpo la comida? ¿Todavía estáis a la mesa?

—No.

No hacía falta decirle que aún no había comido.

—Me ha llamado tu jefe hace una media hora y me ha preguntado si estabas seguro de que volvías mañana por la mañana. No he sabido qué responderle, porque cuando me llamaste no parecías seguro. Me ha dicho que, si tenía ocasión de volver a hablar contigo por teléfono, te anunciara que la hija de no sé qué senador ha desaparecido desde hace dos días. La noticia aún no ha salido en los periódicos. Parece que es muy importante, que levantará mucha polvareda. ¿Sabes de quién se trata?

—No.

—Me ha citado un nombre, pero ya no me acuerdo.

—En definitiva, ¿quiere que vuelva sin falta?

—No lo ha dicho así, pero he comprendido que le gustaría que te ocuparas personalmente del caso.

—¿Llueve?

—Hace un tiempo maravilloso. ¿Qué vas a hacer?

—Haré lo imposible para estar en París mañana por la mañana. Me imagino que habrá un tren de noche, pero aún no he mirado los horarios.

Chabot le indicó por señas que sí había un tren nocturno.

—¿Todo bien en Fontenay?

—Todo bien.

—Dale recuerdos al juez.

—De tu parte.

Cuando colgó, no habría podido decir si su amigo estaba desesperado o encantado de verlo partir.

—¿Tienes que regresar?

—Sería lo correcto.

—¿Qué te parece si comemos?

Maigret abandonó a su pesar la caja blanca que le recordaba un poco a un ataúd.

—No hablemos del tema delante de mi madre.

Aún no habían llegado a los postres cuando llamaron a la puerta. Rose fue a abrir y anunció:

—Es el comisario de policía que pregunta...

—Hágalo pasar a mi despacho.

—Es lo que he hecho. Está esperando, dice que no es urgente.

La señora Chabot se esforzaba por sacar temas de conversación como si no pasara nada. Recordaba nombres, gente que había muerto o que había abandonado la ciudad tiempo atrás, y contaba su historia.

Por fin se levantaron de la mesa.

—¿Quieres que os sirvan el café en tu despacho?

Se lo sirvieron a los tres, y Rose colocó unas copas y la botella de coñac en la bandeja con un gesto casi sacerdotal. Tuvieron que esperar a que cerrase la puerta.

—¿Y bien?

—He ido a la casa.

—¿Un cigarro?

—Gracias, pero todavía no he almorzado.

—¿Quiere que le sirvan un tentempié?

—He llamado a mi mujer y le he dicho que no tardaría en llegar.

—¿Cómo ha ido?

—El mayordomo me ha abierto la puerta y le he dicho que quería ver a Hubert Vernoux. Me ha dejado en el pasillo y ha ido a avisarle. Ha tardado bastante. Un niño de siete u ocho años me ha mirado desde lo alto de la escalera y he oído la voz de su madre que lo llamaba. Alguien me ha observado a través de una puerta entreabierta, una mujer mayor, pero no sé si era la señora Vernoux o su hermana.

—¿Qué ha dicho Vernoux?

—Venía desde el fondo del pasillo y, al llegar a tres o cuatro metros de mí, ha preguntado sin dejar de caminar: «¿Lo han encontrado?». Le he dicho que tenía una mala noticia que darle. No ha hecho ademán de hacerme pasar al salón, me ha dejado de pie sobre el felpudo, mirándome por encima del hombro, pero me he dado cuenta de que le temblaban los labios y las manos. «Su hijo ha muerto», le he dicho finalmente, y él ha replicado: «¿Lo han matado ustedes?». «Se ha suicidado esta mañana en la habitación de su amante».

—¿Ha parecido sorprendido?—preguntó el juez de instrucción.

—Tengo la impresión de que le ha causado un shock. Ha abierto la boca como para formular una pregunta, pero se ha limitado a murmurar: «¡O sea que tenía una amante!». No me ha preguntado quién era, ni qué había sido de ella. Se ha dirigido a la puerta para abrirla y sus últimas palabras, al despedirse, han sido: «A lo mejor ahora esa gente nos deja en paz», señalando con la barbilla a los curiosos que se agolpaban en la acera, a los grupos estacionados al otro lado de la calle y a los periodistas que aprovechaban su presencia en el umbral para fotografiarlo.

—¿No trató de evitarlos?

—Al contrario. Cuando los ha visto se ha demorado, plantándoles cara, mirándolos a los ojos, y luego ha cerrado despacio la puerta y he oído que corría los cerrojos.

—¿Y la muchacha?

—He pasado por el hospital. Chabiron no se mueve de allí. Todavía no están seguros de que viva, por no sé qué malformación cardíaca. —Sin probar el café, apuró la copa de coñac y se levantó—. ¿Puedo ir a comer?

Chabot asintió y se levantó a su vez para acompañarlo a la puerta.

—¿Qué hago después?

—Aún no lo sé. Pase por mi despacho. El fiscal estará allí a las tres.

—Por si acaso, he dejado a dos hombres delante de la casa de la rue Rabelais. La gente desfila, se para y comenta en voz baja.

—¿Están tranquilos?

—Ahora que Alain Vernoux se ha suicidado, creo que ya no hay peligro. Ya sabe cómo son esas cosas.

Chabot miró a Maigret como diciendo: «¿Lo ves?». Habría dado cualquier cosa para que su amigo le contestara: «Pues claro. Todo ha terminado».

Pero Maigret no contestó nada.

8

EL INVÁLIDO DEL GRAND-NOYER

Un poco antes del puente, al bajar de casa de los Chabot, Maigret había doblado a la derecha y, desde hacía diez minutos, seguía una calle larga que no era ni ciudad ni campo.

Al principio, las casas blancas, rojas y grises, incluido el caserón y las bodegas de un comerciante de vinos, todavía estaban pegadas las unas a las otras, pero no tenían el empaque de la rue de la République, por ejemplo, y algunas, encaladas y de una sola planta, casi eran chozas.

Luego había solares en callejones por los que se atisbaban los huertos que descendían en suave pendiente hacia el río, de vez en cuando una cabra blanca atada a una estaca.

No se encontró con casi nadie en las aceras pero, por las puertas abiertas, entrevió en la penumbra a familias que parecían inmóviles, escuchando la radio o comiendo un pastel, más allá un hombre en mangas de camisa leyendo el periódico, y luego una viejecita adormilada junto a un reloj de pared con péndulo de cobre.

Poco a poco, los jardines se iban haciendo más agrestes, los espacios entre los muros más anchos, el río Vendée estaba más cerca de la carretera y arrastraba las ramas arrancadas por las últimas borrascas.

Maigret, que había rechazado que lo llevasen en coche, empezaba a arrepentirse, pues no había pensado que el camino fuese tan largo, y el sol ya le calentaba la nuca. Tardó casi media hora en alcanzar el cruce del Grand Noyer, después del cual ya sólo se veían prados.

Tres jóvenes, vestidos de azul marino y con el cabello engominado, estaban apoyados en la puerta de una fonda y no debían de saber quién era él, pues lo miraron con la ironía agresiva con que los campesinos miran al hombre de ciudad que se ha perdido en su terruño.

—¿La casa de la señora Page?—les preguntó.

—¿Se refiere a Léontine?

—No sé su nombre de pila.

Esto bastó para hacerlos reír. Les parecía gracioso que alguien no supiera el nombre de Léontine.

—Si es ella, mire en esa puerta.

La casa que le señalaban era de una sola planta, tan baja que Maigret podía tocar el techo con la mano. La puerta, pintada de verde, tenía dos hojas, como algunas puertas de establo, la parte superior abierta y la parte inferior cerrada.

Al principio, no vio a nadie en la cocina, que estaba limpísima, con una estufa de azulejos blancos, una mesa redonda cubierta con un hule a cuadros y unas lilas en un jarrón de colores vivos, sin duda ganado en una tómbola; la repisa de chimenea estaba atestada de bibelots y fotografías.

Agitó una campanilla que colgaba de un cordel.

—¿Qué hay?

Maigret la vio salir del dormitorio cuya puerta se abría a la izquierda: eran las dos únicas habitaciones de la casa. La mujer tanto podía tener cincuenta como sesenta y cinco años. Enjuta y dura como la camarera del hotel, lo examinaba con desconfianza campesina, sin acercarse a la puerta.

—¿Qué quiere?—Y de inmediato—: ¿No es usted el de la foto que han puesto en el periódico?

Maigret oyó que algo se movía en el dormitorio. Una voz de hombre preguntó:

—¿Quién es, Léontine?

—El comisario de París.

—¿El comisario Maigret?

—Creo que así se llama.

—Dile que pase.

Sin moverse, la mujer repitió:

—Pase.

El propio Maigret levantó el pestillo para abrir la parte inferior de la puerta. Léontine no lo invitaba a sentarse, no le decía nada.

—Usted era la asistenta de Robert de Courçon, ¿no es cierto?

—Durante quince años. La policía y los periodistas ya me han hecho todas las preguntas. Yo no sé nada.

Desde donde estaba, el comisario entreveía ahora una habitación blanca de paredes adornadas con estampas, el pie de una cama alta de nogal cubierta con un edredón rojo, y hasta su nariz llegaba el humo de una pipa. El hombre seguía moviéndose.

—Quiero ver qué aspecto tiene —murmuró.

Y ella, dirigiéndose a Maigret en tono desabrido:

—¿Oye lo que dice mi marido? Pase. Él no puede levantarse de la cama.

Sentado en la cama había un hombre sin afeitar; a su alrededor estaban esparcidos periódicos y novelas populares. Fumaba una pipa de espuma de tubo largo y, en la mesilla de noche, al alcance de la mano, tenía un litro de vino blanco y un vaso.

—Son las piernas —explicó Léontine—, desde que se las pilló entre los topes de dos vagones… Trabajaba en el ferrocarril. Se le clavaron en los huesos.

Unas cortinas de guipur tamizaban la luz y dos macetas con geranios alegraban el alféizar de la ventana.

—He leído todas las historias que cuentan de usted, señor Maigret. Leo todo el día. Antes no leía nunca. Trae un vaso, Léontine.

Maigret no podía rechazarlo. Brindó. Luego, aprovechando que la mujer permanecía en la habitación, sacó del bolsillo el trozo de tubo de plomo que había pedido prestado.

—¿Lo conoce?

Ella no se turbó.

—Por supuesto—dijo.

—¿Dónde lo vio por última vez?

—Encima de la mesa grande del salón.

—¿En casa de Robert de Courçon?

—En casa del señor, sí. Procede de la bodega, donde tuvieron que cambiar una parte de las tuberías el invierno pasado porque la helada reventó las conducciones de agua.

—¿Y guardaba ese trozo de tubo encima de la mesa?

—Allí había de todo. Lo llamábamos el salón, pero era la habitación donde vivía y donde trabajaba.

—¿Usted se ocupaba de la limpieza?

—De lo que me permitía hacer, barrer el suelo, quitar el polvo pero sin mover ningún objeto, y lavar los platos.

—¿Era maniático?

—Yo no he dicho eso.

—Al comisario puedes decírselo—le susurró el marido.

—Yo no tengo ninguna queja de él.

—Pero había meses en que no te pagaba.

—No era culpa suya. Si los otros, los de enfrente, le hubieran dado el dinero que le debían.

—¿No tuvo usted la tentación de tirar este tubo?

—Lo intenté. Pero me ordenó que lo dejase allí. Le servía de pisapapeles. Recuerdo que dijo que podría serle útil si los ladrones intentaban entrar en su casa. Es una idea rara, porque las paredes estaban llenas de fusiles. Los coleccionaba.

—¿Es verdad, señor comisario, que su sobrino se ha matado?

—Es verdad.

—¿Cree que es él? ¿Otra copa de vino? Mire usted, yo a los ricos, como le decía a mi mujer, no intento comprenderlos. No piensan ni sienten como nosotros.

—¿Conoce a los Vernoux?

—Como todo el mundo, de verlos por la calle. He oído decir que ya no tenían dinero, que incluso les habían pedido prestado a los criados, y debe de ser verdad, porque el patrón de Léontine ya no recibía la pensión y no podía pagarle.

Su mujer le hacía señas para que no hablara tanto. Por otra parte, no tenía gran cosa que decir, pero estaba contento de tener compañía y ver en carne y hueso al comisario Maigret.

Éste se despidió de ellos, con el sabor un poco agrio del vino blanco en la boca. En el camino de regreso, encontró cierta animación: chicos y chicas en bicicleta que volvían al campo; familias que se dirigían despacio a la ciudad.

En el despacho del juez en el Palacio de Justicia debían de seguir reunidos. Maigret se había negado a unirse a ellos, pues no quería influir en la decisión que tomaran.

¿Decidirían cerrar el caso considerando el suicidio del doctor como una confesión?

Era probable, y si lo hacían Chabot conservaría toda su vida un remordimiento.

Cuando llegó a la rue Clemenceau y enfocó la mirada en la perspectiva que desde allí le ofrecía la rue de la République, casi había un gentío, unos paseaban por las aceras, otros salían del cine, y en la terraza del café de la Poste estaban todas las sillas ocupadas. El sol ya adoptaba los tonos rojizos del ocaso.

Se dirigió hacia la place Viète, pasó por delante de la casa de su amigo, donde atisbó a la señora Chabot detrás de los cristales del primer piso. En la rue Rabelais, aún había curiosos parados frente a la casa de los Vernoux, pero tal vez porque la muerte había pasado por allí, la gente se mantenía a una distancia respetuosa, mayoritariamente en la acera de enfrente.

Maigret se repitió una vez más que aquel caso no era de su incumbencia, que tenía que tomar un tren esa misma noche, que corría el riesgo de disgustar a todo el mundo y de pelearse con su amigo.

Tras lo cual, incapaz de resistir, tendió la mano hacia la aldaba de la puerta. Tuvo que esperar un buen rato, bajo la mirada de los paseantes, hasta que por fin oyó pasos y el mayordomo entreabrió el batiente.

—Quisiera ver al señor Hubert Vernoux.

—El señor no está visible.

Maigret había entrado sin que lo invitasen a hacerlo. El vestíbulo estaba en penumbra. No se oía ningún ruido.

—¿Está en sus habitaciones?

—Creo que está acostado.

—Una pregunta personal: ¿las ventanas de su dormitorio dan a la calle?

El mayordomo pareció incómodo y habló en voz baja.

—Sí, en el tercer piso. Mi mujer y yo dormimos en las mansardas.

—¿Y se ve la casa de enfrente?

Sin que hubieran oído nada, se entreabrió la puerta del salón y Maigret reconoció en el resquicio la silueta de la cuñada.

—¿Qué hay, Arsène?

Había visto al comisario pero no le dirigía la palabra.

—Le decía al comisario Maigret que el señor no está visible.

Al fin se volvió hacia él.

—¿Quería usted hablar con mi cuñado?

Se resignó a abrir un poco más la puerta.

—Pase.

Estaba sola en el amplio salón que tenía las cortinas corridas; había una sola lámpara encendida sobre una mesita. No había ningún libro abierto, ningún periódico, ninguna labor de costura. La mujer debía de estar sentada allí, sin hacer nada, cuando Maigret levantó la aldaba.

—Puedo recibirle yo en su lugar.

—Es a él a quien deseo ver.

—Aunque logre verlo, probablemente no estará en disposición de contestarle.

Fue hacia la mesa donde había una serie de botellas, y cogió una que había contenido Marc de Borgoña y estaba vacía.

—Estaba medio llena este mediodía. No se quedó más de un cuarto de hora en esta sala cuando los demás aún estábamos sentados a la mesa.

—¿Le ocurre con frecuencia?

—Casi todos los días. Ahora dormirá hasta las cinco o las seis y tendrá los ojos enturbiados. Mi hermana y yo tratamos de guardar las botellas bajo llave, pero siempre se las ingenia. Vale más que ocurra aquí que en sabe Dios qué bares.

—¿Frecuenta a veces los bares?

—¿Cómo quiere que lo sepamos? Sale por la puertecita, a escondidas, y después, cuando lo vemos con los ojos desorbitados y empieza a tartamudear, sabemos lo que significa. Acabará como su padre.

—¿Hace mucho que empezó?

—Años. A lo mejor ya bebía pero no le hacía tanto efecto. No aparenta la edad que tiene, pero son sesenta y siete años.

—Voy a pedirle al mayordomo que me lleve a sus habitaciones.

—¿No quiere volver más tarde?

—Parto para París esta noche.

La mujer comprendió que era inútil discutir y oprimió el timbre. Arsène acudió.

—Lleve al comisario Maigret a los aposentos del señor.

Arsène la miraba, sorprendido, como preguntándose si se lo había pensado bien.

—¡Que sea lo que Dios quiera!

De no ser por el mayordomo, Maigret se habría perdido por los corredores que se entrecruzaban, anchos y sonoros como los corredores de un convento. Atisbó una cocina donde centelleaban utensilios de cobre y donde, como en el Grand Noyer, había una botella de vino blanco encima de la mesa, sin duda la botella de Arsène.

Éste parecía no entender ya la actitud de Maigret. Tras la pregunta a propósito de su habitación, había esperado un verdadero interrogatorio. Pero resultaba que no le preguntaban nada.

En el ala derecha de la planta baja, llamó a una puerta de roble esculpido.

—¡Soy yo, señor!—dijo alzando la voz para que lo oyeran desde dentro, y al percibir un gruñido añadió—: El comisario, que está conmigo, insiste en ver al señor.

Permanecieron inmóviles mientras alguien iba y venía en la habitación, y finalmente entreabrió la puerta.

La cuñada no se había equivocado al hablar de los ojos desorbitados que miraban fijamente al comisario con una especie de estupor.

—¡Es usted!—balbuceó Hubert Vernoux con la boca pastosa.

Seguramente se había acostado sin desvestirse. Tenía la ropa arrugada, y con un gesto maquinal se echó atrás el cabello blanco caído sobre la frente.

—¿Qué desea?

—Desearía conversar con usted.

Era difícil echarlo. Vernoux, como si todavía no se hubiese recuperado del sueño, se hizo a un lado para dejarlo entrar. La habitación era muy grande, y había una cama con baldaquín de madera esculpida, muy oscura, y cortinajes de seda ajada.

Todos los muebles eran antiguos, más o menos del mismo estilo, y recordaban una capilla o una sacristía.

—¿Me permite?

Vernoux entró en un cuarto de baño, llenó de agua un vaso e hizo unas gárgaras. Cuando regresó, ya estaba un poco mejor.

—Siéntese en este sillón, si quiere. ¿Ha visto a alguien?

—A su cuñada.

—¿Le ha dicho que yo había bebido?

—Me ha mostrado la botella de Marc.

Se encogió de hombros.

—Siempre lo mismo. Las mujeres no lo pueden entender. Un hombre a quien le acaban de anunciar brutalmente que su hijo…—Se le empañaron los ojos. La voz había bajado un tono, lloriqueante—. Es un duro golpe, comisario. Sobre todo cuando no tienes más que ese hijo. ¿Qué hace su madre?

—No tengo ni idea…

—Dirá que está enferma. Es su truco: se declara enferma y nadie se atreve a decirle nada. ¿Comprende? Entonces su hermana la reemplaza: lo llama hacerse cargo de la casa.

Hacía pensar en un viejo actor que quiere emocionar al público como sea. En su cara un poco hinchada, los rasgos cambiaban de expresión a una velocidad asombrosa. En pocos minutos habían expresado sucesivamente el aburrimiento, un cierto temor, luego el dolor paterno, y por fin la amargura respecto a las dos mujeres. Ahora el temor volvía a la superficie.

—¿Por qué ha insistido en verme?

Maigret, que no se había sentado en el sillón que le habían ofrecido, se sacó el tubo del bolsillo y lo dejó encima de la mesa.

—¿Iba usted a menudo a casa de su cuñado?

—Más o menos una vez al mes, para llevarle su dinero. Supongo que se han enterado de que le pasaba una asignación.

—¿Y por lo tanto vio ese trozo de tubo encima de su escritorio?

Titubeó, comprendiendo que la respuesta a esa pregunta era fundamental, y también que debía tomar una decisión rápida.

—Creo que sí.

—Es la única prueba material del caso. Hasta ahora, no parecen haberse dado cuenta de su importancia.

Se sentó, sacó la pipa del bolsillo y empezó a llenarla. Vernoux permaneció de pie, con la cara desencajada como si le doliera muchísimo la cabeza.

—¿Tiene un momento?—Y sin esperar respuesta, prosiguió—. Han dicho que los tres crímenes eran más o menos idénticos, sin percatarse de que el primero en realidad es completamente distinto de los otros. Tanto a la viuda Gibon como a Gobillard los mataron a sangre fría, con premeditación. El hombre que llamó a la puerta de la antigua comadrona iba decidido a matarla y lo hizo sin esperar, en el zaguán. Ya en el umbral tenía el arma en la mano. Cuando, al cabo de dos días, atacó a Gobillard, tal vez no apuntaba a él en particular, pero había salido a matar. ¿Comprende lo que quiero decir?

Vernoux hacía un esfuerzo casi doloroso por adivinar adónde quería ir a parar el comisario.

—El caso Courçon es diferente—prosiguió Maigret—. Al entrar en su casa, el asesino no llevaba ningún arma. Podemos deducir que no iba con intenciones homicidas. Se produjo algo que lo impulsó a realizar el acto. ¿Tal vez la actitud de Courçon, a menudo provocadora, tal vez incluso por su parte un gesto amenazador?—Se interrumpió para encender una cerilla y dar una calada a su pipa—. ¿Qué opina usted?

—¿De qué?

—De mi razonamiento.

—Creí que el caso estaba cerrado.

—Aunque así fuera, yo intento comprender.

—Un loco no está pendiente de todas esas consideraciones.

—¿Y si no se tratase de un loco, o al menos de un loco en el sentido que se da normalmente a esa palabra? Siga un momento más mi razonamiento. Alguien va a casa de Robert Courçon por la tarde, sin ocultarse, porque todavía no tiene malas intenciones y, por razones que ignoramos, lo mata. No deja ninguna huella y se lleva el arma, lo cual indica que no quiere que lo descubran. Se trata pues de un hombre que conoce a la víctima, que tiene costumbre de ir a verla a esa hora. Como es inevitable que la policía busque en esa dirección hay muchas probabilidades de que atrape al culpable.

Vernoux lo miró como quien reflexiona, como si estuviera sopesando la consistencia del razonamiento.

—Supongamos ahora—prosiguió Maigret—que se comete otro crimen, en la otra punta de la ciudad, contra una persona que no tiene nada que ver con el asesino ni con Courçon. ¿Qué sucederá?—El hombre no reprimió del todo una sonrisa. Maigret continuó—. Ya no se buscará *necesariamente* entre las relaciones de la primera víctima. La idea que se le ocurrirá a todo el mundo es que se trata de un loco. —Hizo una pausa—. Es lo que ha pasado. Y para mayor precaución, para confirmar esa hipótesis de la locura, el asesino cometió un tercer asesinato, esta vez en la calle, contra la persona del primer borracho con el que se cruzó. El juez, el fiscal y la policía se dejaron engañar.

—¿Usted no?

—Yo no fui el único que no se lo creyó. A veces la opinión pública se equivoca, pero a menudo tiene el mismo tipo de intuición que las mujeres y los niños.

—¿Quiere usted decir que señalaron a mi hijo?

—Señalaron esta casa. —Se levantó y, sin insistir en esta idea, se dirigió hacia una mesa Luis XIII que servía de escritorio y encima de la cual había papel de cartas sobre el protector. Cogió una hoja y se sacó un papel del bolsillo—. Arsène escribió—dejó caer descuidadamente.

—¿Mi mayordomo?

Vernoux se acercó con un movimiento rápido y Maigret observó que, pese a su corpulencia, tenía la agilidad de muchos hombres gordos.

—Quiere que lo interroguen. Pero no se atreve a presentarse voluntariamente ante la policía ni en el Palacio de Justicia.

—Arsène no sabe nada.

—Es posible, aunque su habitación da a la calle.

—¿Ha hablado con él?

—Aún no. Me pregunto si está enfadado con usted porque no le paga su sueldo y porque le ha pedido dinero prestado.

—¿También sabe esto?

—Y usted, señor Vernoux, ¿no tiene nada que decirme?

—¿Qué voy a decirle? Mi hijo…

—No hablemos de su hijo. ¿Supongo que usted no ha

sido nunca feliz?—Vernoux no contestó, miró la alfombra de motivos vegetales oscuros—. Mientras tuvo dinero, las satisfacciones de la vanidad pudieron bastarle. Al fin y al cabo, era el hombre rico del lugar.

—Son cuestiones personales de las que me desagrada hablar.

—¿Ha perdido mucho dinero, estos últimos años?—Maigret adoptó un tono más ligero, como si lo que decía no tuviera importancia—. Contrariamente a lo que usted piensa, la investigación no ha terminado y la instrucción está abierta. Hasta ahora, por razones que no me incumben, las pesquisas no se han hecho según las reglas. Pero tarde o temprano tendrán que interrogar a sus criados, también querrán meter las narices en sus negocios y examinar sus cuentas bancarias. Se enterarán, cosa que todo el mundo sospecha, de que desde hace años lucha en vano por salvar los restos de su fortuna. Detrás de la fachada, ya no hay nada, sólo un hombre tratado sin miramientos por su propia familia, desde que ya no es capaz de ganar dinero. —Hubert Vernoux abrió la boca, pero Maigret no lo dejó hablar—. También recurrirán a psiquiatras. —Vio que su interlocutor levantaba la cabeza con un gesto brusco—. Ignoro cuál será su opinión. Yo no estoy aquí a título oficial. Parto para París esta noche y mi amigo Chabot es quien tiene la responsabilidad de la instrucción.

»Le he dicho hace un momento que el primer crimen no era necesariamente obra de un loco. He añadido que los otros dos habían sido cometidos con un fin preciso, siguiendo un razonamiento bastante diabólico.

»Ahora bien, no me sorprendería que los psiquiatras tomasen ese razonamiento como un indicio de locura, de una especie de locura particular, y más corriente de lo que parece, que ellos denominan paranoia.

»¿Ha leído los libros que su hijo debe de tener en su despacho?

—Alguno he hojeado.

—Debería releerlos.

—No pretenderá que yo...

—No pretendo nada. Ayer le vi jugar a las cartas. Le vi ganar. Debe de estar convencido de que ganará esta partida de la misma manera.

—No juego ninguna partida.

Protestaba débilmente, halagado en el fondo de que Maigret se ocupase tanto de él y rindiera indirectamente homenaje a su habilidad.

—Quiero advertirle contra un error que no hay que cometer. No sería conveniente, sino todo lo contrario, que hubiese una nueva masacre, ni siquiera un nuevo crimen. ¿Comprende lo que quiero decir? Como muy bien decía su hijo, la locura tiene sus reglas y su lógica. —Una vez más, Vernoux trató de meter baza pero el comisario no lo dejó hablar—. He terminado. Tomo el tren de las nueve y media y debo hacer la maleta antes de cenar.

Su interlocutor, desconcertado, decepcionado, lo miró sin entender nada e hizo un gesto para retenerlo, pero el comisario se dirigió hacia la puerta.

—Ya encontraré el camino.

Le llevó un tiempo, luego encontró la cocina la cocina y vio salir a Arsène, que lo miró con aire interrogativo.

Maigret no le dijo nada, siguió por el pasillo central, abrió él mismo la puerta y el mayordomo la cerró tras él.

En la acera de enfrente sólo quedaban tres o cuatro curiosos empedernidos. ¿Continuaría el comité de vigilancia con sus patrullas aquella noche?

Estuvo a punto de dirigirse hacia el Palacio de Justicia donde probablemente continuaba la reunión, pero decidió, como había anunciado, terminar de hacer la maleta. Tras lo cual, estando en la calle, le apeteció tomarse una cerveza y se sentó en la terraza del café de la Poste.

Todo el mundo lo miraba. Bajaban la voz. Algunos susurraban.

Se tomó dos cervezas grandes, despacio, saboreándolas, como si estuviera en una terraza de los grandes bulevares, y había padres que se paraban para señalárselo a los niños.

Vio pasar a Chalus, el maestro, en compañía de un personaje barrigudo a quien le contaba una historia gesticulando. Chalus no vio al comisario y los dos hombres desaparecieron al doblar la esquina.

Casi había anochecido y la terraza se había vaciado cuando se levantó con esfuerzo para dirigirse a la casa de Chabot. Éste le abrió la puerta y lo miró preocupado.

—No sabía dónde estabas.

—En la terraza de un café.

Colgó el sombrero en el perchero, vio la mesa puesta en el comedor, pero la cena aún no estaba lista y su amigo lo hizo pasar primero al despacho.

Tras un largo silencio, Chabot murmuró sin mirar a Maigret:

—La investigación continúa.

Parecía decirle: «Has ganado. ¡Ya lo ves! No somos tan cobardes como creías».

Maigret no sonrió. Hizo un pequeño gesto de aprobación.

—A partir de ahora, la casa de la rue Rabelais está vigilada. Mañana procederé a interrogar a los criados.

—Por cierto, olvidaba devolverte estas cosas.

—¿Te vas de verdad esta noche?

—No tengo más remedio.

—Me pregunto si obtendremos algún resultado.

El comisario había dejado el tubo de plomo encima de la mesa y mientras hurgaba en sus bolsillos para sacar la carta de Arsène preguntó:

—¿Louise Sabati?

—Parece que está fuera de peligro. Vomitar la salvó. Acababa de comer y aún no había empezado la digestión.

—¿Qué te ha dicho?

—Contesta con monosílabos.

—¿Sabía que iban a morir los dos?

—Sí.

—¿Estaba resignada?

—Él le dijo que nunca los dejarían ser felices.

—¿No le habló de los tres crímenes?

—No.

—¿Ni de su padre?

Chabot lo miró a los ojos.

—¿Crees que es él?

Maigret se contentó con pestañear.

—¿Está loco?

—Los psiquiatras lo decidirán.

—¿Y tú qué crees?

—Yo suelo decir que la gente sensata no mata. Pero sólo es una opinión.

—¿Quizá no muy ortodoxa?

—No.

—Pareces preocupado.

—Espero…

—¿Qué?

—Que pase algo.

—¿Crees que pasará algo hoy?

—Eso espero.

—¿Por qué?

—Porque le he hecho una visita a Hubert Vernoux.

—Le has dicho…

—Le he dicho por qué y cómo se cometieron los tres crímenes. Le he dado a entender cómo debía reaccionar normalmente el asesino.

Chabot, tan orgulloso hacía un momento de la decisión que había tomado, se mostraba de nuevo asustado.

—Pero, en ese caso, no tienes miedo de que…

—La cena está servida—anunció Rose, mientras la señora Chabot, que se dirigía hacia el comedor, les sonreía.

9

EL COÑAC NAPOLÉON

Una vez más, a causa de la anciana señora, había que callarse, o mejor dicho hablar de cualquier otra cosa, de algo que no tuviera relación con sus preocupaciones, y esa noche se habló de cocina, y en particular de la forma de preparar la liebre *à la royale*.

La señora Chabot había vuelto a hacer profiteroles y Maigret comió cinco, con asco y sin dejar de mirar el viejo reloj.

A las ocho y media, todavía no había ninguna novedad.

—No tengas prisa. He pedido un taxi que pasará primero por el hotel a buscar tu equipaje.

—Pero de todos modos tengo que ir a pagar.

—He telefoneado para que lo carguen a mi cuenta. Esto te enseñará a no alojarte en nuestra casa cuando, una vez cada veinte años, te dignes a venir a Fontenay.

Sirvieron el café y el coñac. Aceptó un puro, porque era la tradición y a la madre de su amigo no le habría gustado que lo rechazase.

Eran las nueve menos cinco cuando el coche ronroneaba delante de la puerta y el chofer esperaba, y por fin sonó el timbre del teléfono.

Chabot se precipitó a descolgarlo.

—Sí, soy yo… ¿Cómo?… ¿Está muerto?… No le oigo, Féron… No grite… Sí… Voy inmediatamente… Que lo trasladen al hospital, naturalmente…

Se volvió hacia Maigret.

—Debo ir de inmediato. ¿Es indispensable que vuelvas esta noche?

—Sin falta.

—No podré acompañarte a la estación.

A causa de su madre no dijo más, cogió el sombrero y el abrigo de entretiempo.

Sólo al llegar a la acera, murmuró:

—Se ha producido una escena atroz en casa de los Vernoux: Hubert Vernoux, borracho como una cuba, ha empezado a romperlo todo en su habitación y al final, fuera de sí, se ha cortado la muñeca con la navaja de afeitar. —Aunque la calma del comisario lo sorprendió, añadió—: No está muerto.

—Ya lo sé.

—¿Cómo lo sabes?

—Porque esa gente no se suicida.

—Sin embargo su hijo...

—Anda, ve, te están esperando.

La estación estaba a cinco minutos. Maigret se acercó al taxi.

—Tenemos el tiempo justo—dijo el taxista.

El comisario se volvió por última vez hacia su amigo, que parecía desamparado en medio de la acera, y le dijo.

—Ya me escribirás.

Fue un viaje monótono. Al cabo de dos o tres estaciones, Maigret bajó para tomar una copa de coñac y acabó adormilándose, vagamente consciente, en cada parada, de los gritos del jefe de estación y el chirriar de los vagones.

Llegó a París de madrugada y un taxi lo llevó a su casa, donde desde abajo sonrió a la ventana abierta. Su mujer lo esperaba en el rellano.

—¿No estás demasiado cansado? ¿Has dormido un poco?

Se tomó tres grandes tazas de café antes de relajarse.

—¿Tomarás un baño?

¡Por supuesto que sí! Era bueno volver a oír la voz de

la señora Maigret, reencontrar el olor del apartamento, los muebles y los objetos en el lugar de siempre.

—No he entendido muy bien lo que me has dicho por teléfono. ¿Te has encargado de un caso?

—Ya está cerrado.

—¿Qué era?

—Un tipo que no se resignaba a perder.

—No te entiendo.

—No importa. Hay gente que, antes que resignarse a ir cuesta abajo, es capaz de cualquier cosa.

—Tú sabrás lo que dices—murmuró la señora Maigret filosóficamente, sin darle mayor importancia.

A las nueve y media, en el despacho del jefe, lo ponían al corriente de la desaparición de la hija del senador. Era una historia fea, con reuniones más o menos orgiásticas en un sótano y drogas de por medio.

—Es casi seguro que no se ha ido por su voluntad y hay pocas probabilidades de que la hayan secuestrado. Lo más probable es que haya muerto de sobredosis y que sus amigos, asustados, hayan hecho desaparecer el cadáver.

Maigret copió una lista de nombres y direcciones.

—Lucas ya ha interrogado a unos cuantos. Hasta ahora nadie se ha decidido a hablar. —¿No era su oficio hacer hablar a la gente?—. ¿Se ha divertido, comisario?

—¿Dónde?

—En Burdeos.

—Ha llovido sin parar.

No habló de Fontenay. Apenas tuvo tiempo de pensar en ello durante los tres días que pasó tomando declaración a unos jóvenes imbéciles que se creían muy listos.

Luego, en su correo, encontró una carta con el matasellos de Fontenay-le-Comte. Por los periódicos ya conocía más o menos el epílogo del caso.

Chabot, con su letra clara y apretada, un poco puntiaguda, que uno habría podido tomar por una caligrafía de mujer, le daba los detalles: «En un momento dado, poco después de que tú te marcharas de la rue Rabelais, se coló en la bodega y Arsène lo vio subir con una botella de coñac Napoléon que en la familia Courçon guardaban desde hacía generaciones».

Maigret no pudo evitar sonreír. ¡Para su última borrachera, Hubert Vernoux no se había contentado con cualquier cosa! Había elegido lo más selecto que había en la casa, una botella venerable que conservaban como si fuera un certificado de nobleza.

Cuando el mayordomo fue a anunciarle que la cena estaba servida, ya tenía la mirada perdida y los ojos enrojecidos. Con un gran ademán teatral, le ordenó que lo dejase solo y le gritó: «¡Que esas zorras cenen sin mí!».

Ellas se sentaron a la mesa. Unos diez minutos más tarde, se oyeron ruidos sordos procedentes de sus habitaciones. Enviaron a Arsène a ver qué pasaba, pero la puerta estaba cerrada con llave, y Vernoux estaba rompiendo todo lo que se le ponía por delante y gritando obscenidades.

Fue la cuñada la que, cuando le dijeron lo que pasaba, sugirió: «La ventana…».

Las mujeres no se molestaron, se quedaron sentadas en el comedor mientras Arsène salía al patio. Había una ventana entreabierta. Apartó las cortinas. Vernoux lo había visto y ya tenía la navaja en la mano.

Volvió a gritar que lo dejasen solo, que ya estaba harto y, según Arsène, siguió empleando un lenguaje soez que nunca antes le habían oído.

Cuando el mayordomo llamó pidiendo ayuda, porque no se atrevía a entrar en la habitación, el otro empezó a cortarse la muñeca. Salió la sangre a chorros. Vernoux la miró asustado y, a partir de entonces, se dejó hacer. Unos instantes más tarde, caía sin fuerzas sobre la alfombra, desmayado.

Desde entonces, se niega a contestar las preguntas. En el hospital, al día siguiente lo encontraron destripando el colchón y hubo que encerrarlo en una celda acolchada.

Desprez, el psiquiatra, llegó de Niort para una primera visita: mañana consultará con un especialista de Poitiers.

Según Desprez, la locura de Vernoux es indudable, pero a causa de la expectación que el caso ha levantado en la región, prefiere tomar toda clase de precauciones.

He firmado el permiso de inhumación de Alain. El entierro se celebrará mañana. La Sabati sigue en el hospital y se encuentra totalmente recuperada. No sé qué hacer con ella. Su padre debe de trabajar en algún sitio de Francia pero no logramos encontrarlo. No puedo devolverla a su domicilio, porque todavía tiene ideas de suicidio.

Mi madre habla de tomarla como criada en casa para aliviar un poco a Rose que se está haciendo vieja. Temo que la gente…

Maigret no tuvo tiempo de acabar de leer la carta esa mañana, porque ya le traían a un testigo importante, y tuvo que guardársela en el bolsillo. Nunca supo qué fue de ella.

—Por cierto—le anunció por la noche a su mujer—, he recibido noticias de Julien Chabot.

—¿Y qué dice?

Pero cuando buscó la carta no la encontró: debió de caérsele del bolsillo cuando sacó el pañuelo o la petaca del tabaco.

—Van a contratar a una criada nueva.

—¿Eso es todo?

—Más o menos.

Mucho después, al mirarse en el espejo con aire preocupado, murmuró:

—Lo he visto envejecido.

—¿De quién hablas?

—De Chabot.

—¿Qué edad tiene?

—Más o menos la mía.

La señora Maigret estaba ordenando la habitación, como siempre antes de acostarse.

—Más le habría valido casarse—concluyó.

Shadow Rock Farm
Lakeville, Connecticut
27 de marzo de 1953

ESTA EDICIÓN, PRIMERA,
DE «MAIGRET TIENE MIEDO», DE GEORGES
SIMENON, SE TERMINÓ DE IMPRIMIR EN
SANT LLORENÇ D'HORTONS EN
EL MES DE OCTUBRE
DEL AÑO
2022

*Otras obras de Georges Simenon
publicadas por Anagrama & Acantilado*

EL FONDO DE LA BOTELLA

TRES HABITACIONES EN MANHATTAN

LA MUERTE DE BELLE

COMISARIO MAIGRET

MAIGRET DUDA

GEORGES SIMENON
Maigret duda
ANAGRAMA & ACANTILADO

Una carta anónima advierte a Maigret de que está a punto de cometerse un asesinato. Tras una eficaz investigación, su equipo de la Policía Judicial descubre que la misiva proviene del domicilio de Émile Parendon, un reputado abogado que autoriza al comisario a registrar su lujoso apartamento de los Campos Elíseos. Sin embargo, la identidad tanto del autor de la carta como de la víctima continúan siendo un misterio. Para evitar el anunciado crimen, Maigret interrogará durante dos días al sospechoso, pero pese a sus esfuerzos no podrá evitar la tragedia. Cuando aparezca el cadáver, todos en la casa del abogado Parendon tendrán algo que ocultar: para resolver el crimen el detective deberá penetrar en la elusiva y compleja red, hecha de apariencias y mentiras, de la alta sociedad parisina.